Tres meses de pasión

Melanie Milburne

Bianca®

HARLEQUIN®

Editado por HARLEQUIN IBÉRICA, S.A.
Hermosilla, 21
28001 Madrid

TRES MESES DE PASIÓN, Nº 1590 - 1.6.05
Título original: The Italian's Mistress
Publicada originalmente por Mills & Boon®, Ltd., Londres.

I.S.B.N.: 84-671-2648-5
Depósito legal: B-19572-2005
Editor responsable: Luis Pugni
Composición: M.T. Color & Diseño, S.L.
C/. Colquide, 6 - portal 2-3º H, 28230 Las Rozas (Madrid)
Fotomecánica: PREIMPRESIÓN 2000
C/. Algorta, 33. 28019 Madrid
Impresión y encuadernación: LITOGRAFÍA ROSÉS, S.A.
C/. Energía, 11. 08850 Gavá (Barcelona)
Fecha impresion para Argentina: 19.6.06
Distribuidor exclusivo para España: LOGISTA
Distribuidor para México: CODIPLYRSA
Distribuidores para Argentina: interior, BERTRAN, S.A.C. Vélez Sársfield, 1950. Cap. Fed./ Buenos Aires y Gran Buenos Aires, VACCARO SÁNCHEZ y Cía, S.A.
Distribuidor para Chile: DISTRIBUIDORA ALFA, S.A.

Capítulo 1

ANNA miró al médico especialista de su hijo con horror.

–¿Quiere decir... que va a morir?

El médico la miró con gravedad.

–Si no tiene un seguro privado, me temo que el servicio sanitario público tardará por lo menos un año o dieciocho meses en operarlo.

–No puedo permitirme un seguro privado –dijo Ana con el estómago encogido–. El dinero apenas nos alcanza para comer.

–Me hago cargo de los problemas que tienen que afrontar las madres solteras como usted –declaró con poca empatía–. Pero la sanidad pública está sobrecargada, al borde del colapso. La vida de su hijo no corre peligro a corto plazo; sin embargo, hay que reparar el daño coronario antes de que se transforme en una lesión crónica. Si puede financiarla, la operación se realizaría este mismo mes en la Unidad de Cirugía Cardiológica del Melbourne Centre.

El corazón de Anna dio un vuelco. Apenas tenía dinero para pagar el tranvía a la ciudad. ¿Cómo podría permitirse una operación en uno de los hospitales más renombrados del país?

–¿Cuánto... cuánto costaría la intervención?

El médico hizo un cálculo mental antes de dar una cifra que casi la hizo caer de la silla.

–¿Tanto...? –balbuceó.

–Me temo que sí. Sammy estará en el hospital por lo menos diez días, lo que aumenta el gasto considerablemente. Y si surgen complicaciones...

–¿Complicaciones? –preguntó al tiempo que tragaba el nudo de temor que le atenazaba la garganta–. ¿Qué clase de complicaciones?

–Señorita Stockton, toda intervención quirúrgica conlleva riesgos. En un niño de tres años una operación delicada puede tener complicaciones, entre ellas el riesgo de infección, por no mencionar reacciones adversas a los antibióticos –explicó al tiempo que cerraba la carpeta con el historial del pequeño paciente y se reclinaba en el asiento–. Le sugiero que vuelva a casa y llame a todos sus amigos y familiares hasta encontrar a alguien que pueda ayudarla. Es la única oportunidad que tiene su hijo de lograr una rápida mejoría –sugirió con un remedo de sonrisa de aliento.

Anna suspiró en su interior mientras se levantaba del asiento.

Además de su hermana, tenía poquísimos familiares. ¿Y sus amigos?

Cuando volvió precipitadamente del extranjero hacía cuatro años en lo último que pensó fue en rodearse de buenos amigos; su prioridad fue poner la máxima distancia entre la familia Ventressi y ella.

No pasaba un día sin que pensara en su antiguo novio Lucio y su hermano Carlo...

Anna apartó de su mente esos terribles recuerdos... lo que había hecho... aquellas horribles acusaciones que todavía resonaban en su mente si se permitía pensar en el pasado.

Las calles de la ciudad estaban muy animadas a esa hora. La gente entraba y salía de las tiendas y el calor desacostumbrado en ese mes de noviembre contribuía a aumentar la impaciencia general.

Anna deseaba con ansia una bebida fresca. Tras consultar el reloj, comprobó que por lo menos le quedaba una hora para tomar el tranvía que la llevaría a casa junto a Sammy, su hijito, y Jenny, su hermana menor.

Al ver una cafetería no lejos de allí, decidió entrar. Tenía la garganta seca, la modesta blusa de algodón estaba empapada en la espalda y, al pasar junto al cristal de un escaparate, vio que iba despeinada, la melena rubia colgando en lacios mechones sobre los hombros. Su aspecto era el de una mujer desaliñada y abatida.

Había una sola mesa libre al fondo del local. Estaba en un rincón oscuro así que no vio la alta figura hasta que fue demasiado tarde. Estaba sentado cerca de ella con los oscuros ojos color chocolate puestos en su figura.

Era demasiado tarde para escapar.

Se levantó con la gracia lánguida que ella había aprendido a reconocer como un sello característico de los varones de la familia Ventressi y se detuvo ante su mesa.

–Hola, Anna.

La voz profunda y aterciopelada recorrió su espalda liberando una multitud de recuerdos, cuando su vida era una promesa de felicidad, una promesa que le había sido arrebatada poco después con resultados devastadores.

–Lucio...

«Me duele hasta pronunciar su nombre», pensó.

–¿Puedo acompañarte? –preguntó en tanto se sentaba sin darle opción a una negativa–. ¿Cuántos años han pasado? ¿Tres? ¿Cuatro?

El comentario tan casual la dejó anonadada. Ella podría decir el número exacto de días que habían pasado tras escuchar las últimas palabras que le dirigió en tono tan airado y que era capaz de reproducir hasta la última sílaba.

Anna alzó la barbilla y lo miró sobre la pequeña mesa que los separaba.

–No recuerdo. Ha pasado tanto tiempo.

–Sí, es cierto –dijo mientras se reclinaba en su silla sin dejar de mirar el rostro ruborizado de la joven–. ¿Cómo estás? Pareces...

Ella bajó la vista al mantel.

–Estoy perfectamente bien, gracias.

La camarera se acercó a la mesa y Lucio se apresuró a pedir un vaso grande de zumo de naranja para ella y un café muy corto para él.

Cuando la camarera se hubo alejado, Anna lo miró con el ceño fruncido.

–Al menos pudiste haberme consultado qué quería tomar.

–¿Quieres otra cosa?

–No, aunque ésa no es la cuestión.

–¿Y cuál es?

«¿Cuál es?», pensó ella. Era inútil discutir con él porque siempre iba a ganar, al margen de las tácticas que ella pudiera emplear.

Entonces se concentró en el pequeño florero que había entre ellos.

–¿Qué te ha traído a Melbourne? –preguntó, con fingida indiferencia.

–Asuntos de negocios. Ventressi se ha convertido en una empresa tan floreciente que hemos decidido abrir filiales aquí y en Sidney. Le hemos sacado partido al boom inmobiliario. Así que he venido a inspeccionar nuestras oficinas.

La mirada solapada de Anna descubrió los ojos de Lucio puestos en ella y no pudo dejar de pensar que la inspeccionaba a ella también.

Cuando la camarera volvió con el pedido, Anna tuvo la oportunidad de examinarlo a su vez.

Todavía se mantenía extraordinariamente apuesto, como todos los varones Ventressi. Pero, mientras su hermano Carlo era más bajo con tendencia a subir de peso, Lucio era esbelto y atlético. Tanto el cabello como los ojos eran oscuros, el firme mentón constantemente sombreado y la boca también firme y decidida. Sabía que era una boca que podía ser muy suave y a veces muy peligrosa. Y eso lo sabía por amarga experiencia.

–¿Cuánto tiempo te quedarás en el país? –preguntó, no por curiosidad sino por la necesidad de cortar el pesado silencio que se había producido entre ambos.

–Tres meses, tal vez un poco más –contestó mirándola directamente. Anna bebió un trago y luego notó con irritación que su mano temblaba al poner el vaso en la mesa–. ¿Cómo está tu hijo?

Anna casi derribó el vaso. ¿Cómo se había enterado de que tenía un hijo?

–Él... él no se encuentra muy bien actualmente.

–Lo siento.

Anna alzó una ceja.

–¿De veras? –preguntó con cinismo.

–Es un niño –replicó él, sin alterarse–. Ningún niño merece estar enfermo. ¿Qué tiene?

Anna estuvo a punto de contarle toda la historia, pero se mordió el labio para evitarlo. En su lugar volvió a beber un trago. El silencio se hizo más denso.

–¿Cuántos años tiene? –volvió a preguntar él.

–Tres años.

–¿Ve a su padre alguna vez?

Anna apretó el vaso.

–No.

–¿Dónde está?

–Sammy está ... con mi hermana.

–Me refiero al padre.

Anna lo miró con incertidumbre.

–No lo sé.

–¿Has hablado con él acerca de su hijo?

–No, pero lo haría si alguna vez él necesitara saberlo.

«Jamás lo haré», pensó. Carlo sería la última persona que sabría de la existencia de Sammy aunque la vida de ella o la del niño dependiera de ello.

¿Cómo está Jenny?

–A mi hermana le va muy bien. Terminó con distinciones su primer año universitario.

–Eso es todo un logro.

«Vamos, dilo. Di que es un logro para una chica que apenas puede oír el sonido de su propio nombre», pensó Anna aunque no lo dijo.

–¿Cómo está tu madre? –preguntó con expresión impasible.

–Está muy bien, disfrutando tremendamente con sus nietos.

El estómago le dio un vuelco.

–¿Tienes hijos? –preguntó sin poderlo evitar.

–Yo no, son de mi hermana Giulia. Ya tiene tres.

Anna recordó a la hermana con un cariño que ni el tiempo ni los problemas que la afligían podían borrar. Giulia siempre las había tratado afectuosamente en Roma.

–Pensé que te habías casado –dijo al tiempo que miraba fijamente el fondo del vaso.

–Ya no me atrae el matrimonio.

No podía culparlo. Tenía todo el derecho a pensar con cinismo después de lo que ella le había hecho.

–Tengo que marcharme –dijo al tiempo que apartaba el vaso vacío y recogía el bolso a sus pies.

–¡No! –Lucio le tomó la mano con fuerza. El contacto de su mano le produjo una corriente eléctrica mientras el corazón latía aceleradamente en su pecho–. Quiero hablar un poco más contigo.

–Debo volver junto a Sammy. Tengo que tomar un tranvía y...

–Yo te llevaré.

–No, vivo demasiado lejos –dijo al tiempo que intentaba retirar la mano.

–¿Dónde? –inquirió Lucio. Anna intentó pensar en un pueblo a quinientos kilómetros de distancia, pero tenía la mente completamente en blanco–. ¿Dónde vives, Anna?

Anna bajó los ojos.

–En Santa Hilda –balbuceó.

–Yo no diría que eso es demasiado lejos –comentó Lucio, con ironía.

–Sí que lo es, cuando hay que ir a pie.

–¿No tienes dinero para el tranvía?

Ella alzó la barbilla.

–Tengo suficiente dinero.

–¿Trabajas?

–Sólo un hombre que nunca ha tenido hijos es capaz de hacer una pregunta como ésa.

Él ignoró el sarcasmo.

–¿Trabajas fuera de casa?

–Tengo dos empleos.

–Una mujer de carrera, entonces –comentó, al tiempo que le soltaba la mano.

Anna nunca hubiera pensado que limpiar las habitaciones de un hotel y trabajar en un bar fueran buenas carreras; aunque tampoco se hubiera imaginado que sería madre soltera a los veinticinco años.

–Me gusta ser una mujer independiente –declaró con una mirada intencionada al tiempo que se frotaba la muñeca.

–No recuerdo que en el pasado eso fuera tan importante para ti.

–De veras que tengo que irme...

–Me gustaría hablar un poco más contigo, recordar los viejos tiempos...

–No tengo nada que decir.

Él se reclinó en la silla y examinó las facciones de la joven un largo instante.

Anna luchó contra la urgencia de sustraerse al escrutinio, pero era un terrible esfuerzo, como si estuviera sumida en un mal sueño. En cualquier momento despertaría para verse sola en la cafetería, sin poder mirar los aristocráticos rasgos del ex novio sentado frente a ella.

–¿Nada que decir tras cuatro años de separación?

–No se me viene nada a la mente.

–Vaya...

Anna creyó percibir una rabia hirviente en la oscura e insondable mirada. Casi pudo sentirla en el espacio que los separaba.

–Perdona, debo marcharme –dijo al tiempo que empujaba la silla y se levantaba.

Él también se puso de pie y su larga sombra se proyectó sobre ella recordándole cuán alto era y cuán amedrentador podía ser cuando quería.

–Hasta pronto.

Lucio dejó unos billetes en la mesa y salió del local dejándola junto a la mesa. Anna lo siguió con la vista hasta que pasó junto a la ventana de la cafetería, pero él no se volvió para comprobar si lo miraba.

No tenía necesidad de hacerlo porque lo sabía, pensó la joven con un ligero escalofrío.

Sammy la recibió con su habitual entusiasmo, pero Anna casi pudo asegurar que sus labios no tenían ese tinte azulado cuando se había marchado por la mañana.

–Hola, cariño –saludó al tiempo que lo besaba en las mejillas y en la punta de la nariz–. ¿Te has portado bien con la tía Jenny?

–He sido muy bueno. Hice un dibujo para ti, ¿lo ves?

Sammy le puso el dibujo bajo los ojos y ella se

inclinó a mirarlo. En el folio había cuatro figuras alargadas y tiesas, tres de las cuales reconoció al instante. Una de ellas era ella, Jenny era la otra y la más pequeña representaba a Sammy.

–Muy bonito, pero ¿quién es esta persona? –preguntó indicando una figura alta, alejada del grupo.

–Ése es mi papá. Yo quiero tener un papá como el de Davey.

«El papá de Davey es un médico amable y apacible, no un asqueroso oportunista que me llevó mañosamente a su cama», quiso responder Anna.

En cambio se tragó la sensación de náusea y le dirigió una pálida sonrisa.

–Tendré que pensarlo. Y ahora, ¿por qué no vamos a ver lo que hace la tía Jenny?

Su hermana estaba en la cocina absorta en una nueva receta de cocina.

Anna le dio unos golpecitos en el hombro y ella se volvió con una sonrisa.

–¿Cómo te fue? –Jenny dibujó las palabras con los dedos.

Anna se dejó caer en una silla con un suspiro de derrota y miró a su hermana mientras hablaba lentamente para que ella pudiera leerle los labios.

–Necesita una operación muy cara.

–¿Cuánto? –preguntó Jenny con el tono gutural típico de los sordos profundos; pero Anna estaba acostumbrada y normalmente entendía todas sus palabras.

Le dijo la astronómica cifra que el especialista había calculado y Jenny se encogió visiblemente.

–¿Qué podemos hacer?

–No lo sé, no lo sé.

–¡Conseguiré un empleo! –Jenny hizo las señas con tanta rapidez que Anna la siguió con mucha dificultad.

–No, lo que esta familia necesita es un título universitario y tú lo vas a conseguir. Haré trabajos extra durante los fines de semana si puedes cuidar a Sammy. De alguna manera vamos a superar este problema. Tenemos que lograrlo.

El hotel donde trabajaba estaba completo ese fin de semana. El trabajo era intenso y matador, pero estaba decidida a conseguir el dinero para la operación de Sammy. Primero deshizo las camas en las habitaciones que habían quedado vacías, luego limpió los cuartos de baño y puso sábanas y toallas limpias.

Se movía automáticamente, reacia a permitirse un momento libre para impedir que sus pensamientos se volcaran traidoramente en Lucio.

El hecho de haberlo visto el día anterior la había inquietado más de lo que estaba dispuesta a admitir. No se lo había mencionado a Jenny. Parte de ella lo deseaba, pero como no le había contado toda la historia que había detrás de la ruptura no vio la utilidad de sacar el tema a colación. Era demasiado doloroso.

Cuando la madre falleció dos años después de la muerte del padre, Jenny se quedó completamente destrozada y cayó en una profunda depresión. Entonces Anna pensó que lo único que podría ayudar a su hermana sería un cambio total de ambiente, así que compró billetes para un tour por Europa.

Incluso en esas trágicas circunstancias habían sido unas vacaciones maravillosas y el ánimo de Jenny había mejorado bastante, así que Anna concluyó que los gastos del viaje habían valido la pena.

Sin embargo, cuando llegaron a Roma al final del viaje, se desató el desastre. Mientras intentaba conseguir habitación en la recepción de un hotel económico no prestó atención a su bolso pensando que Jenny estaba a su lado. Más tarde, cuando quiso sacar el monedero descubrió que había desaparecido junto con ambos pasaportes.

El conserje se mostró más maleducado que servicial y muy pronto Anna junto a su llorosa hermana se encontraron en la calle, sin saber adónde ir.

En ese momento pasó junto a ellas un hombre alto, con una cartera negra. El sol brillaba en sus sedosos cabellos negros. Las saludó en un perfecto inglés, aunque la dicción sugería que no era su lengua nativa.

–Buenas tardes. ¿Cuál es el problema?

Lo primero que Anna observó fue la suavidad de sus ojos oscuros al posarse en los labios temblorosos de Jenny y en sus mejillas bañadas en lágrimas.

–Acabamos de llegar a la ciudad y me han robado el monedero y los pasaportes. Si usted fuera tan amable, ¿podría indicarme dónde se encuentra la comisaría más cercana?

–Yo las llevaré –dijo al tiempo que recogía las dos mochilas–. Queda sólo a dos manzanas. Llegaremos más rápido a pie.

Anna lo creyó. El tráfico era horrendo, incluso comparado con el de Melbourne, agravado por los constantes virajes de las *scooters* que invadían las calles.

Mientras caminaban junto al hombre, por primera vez se sintió segura.

–Me llamo Lucio Ventressi. Mi hermanos Carlo y yo dirigimos la empresa Ventressi Developments. ¿Ésta es vuestra primera visita a Roma?

–Sí, mi hermana y yo prácticamente vamos de regreso a casa, en Australia. A propósito, soy Anna Stockton y ésta es Jenny.

Él les dirigió una sonrisa cautivadora mientras les estrechaba la mano formalmente. Anna sintió una curiosa sensación en los dedos cuando sus manos se tocaron y, turbada, la retiró rápidamente.

Lucio sirvió de intérprete en la comisaría, así que el trámite fue muy corto. Anna empezaba a sentirse más que agradecida por su ayuda mientras se preguntaba seriamente qué habría sido de ellas si ese hombre no hubiera pasado junto al hotel en ese preciso momento.

Lucio organizó el trámite de los documentos en la embajada y cuando hubieron acabado las llevó a un tranquilo café y les pagó unos refrescos.

–No sé cómo agradecérselo, señor Ventressi. Ha sido tan amable con nosotras...

–No me llames señor –dijo con una sonrisa–. No es ninguna molestia. Tengo una hermana y me gustaría que se sintiera segura en un país extranjero –comentó. Anna sintió que se le esponjaba el corazón y que se ruborizaba mientras la mirada oscura se mantenía fija en la de ella–. Tu hermana no habla mucho –observó más tarde.

–No, Jenny quedó sorda a los dos años, pero

puede leer los labios si hablas lentamente. También puede hablar, pero la avergüenza hacerlo ante los desconocidos.

–Comprendo.

No fue una sorpresa comprobar que al atardecer Jenny había perdido su timidez y hablaba alegremente con Lucio, lo que hizo más difícil rechazar la invitación a hospedarse en casa de su madre.

–No creo que...

–No tenéis alojamiento. Estaréis en compañía de mi madre y de mi hermano. Os ofrecería mi propia casa, pero la están reformando. Últimamente he estado viviendo en la de mi madre para escapar del olor a pintura –dijo con una mueca irónica.

Con una sonrisa, Anna se volvió hacia Jenny, que también sonrió con alivio, y al instante la preocupación desapareció de sus delicadas facciones.

–Tengo el coche en la oficina, cerca de aquí –dijo Lucio mientras las guiaba por la calle.

Anna captó la sonrisa entusiasmada de Jenny y alzó las cejas al tiempo que sentía una indefinible sensación de mariposas en el estómago.

Lucio Ventressi era sin lugar a dudas el hombre más apuesto y cortés que hubiera conocido jamás. La había impresionado la calma y determinación con que había resuelto lo que había que hacer, así como su respeto por la incapacidad de su hermana, que se ponía de manifiesto cuando la miraba de frente para que ella pudiera leerle los labios.

Jenny había caído rendida antes su encanto latino, como sólo una jovencita podía hacerlo; pero Anna había sentido algo mucho más serio e inquietante cuando aquellos ojos color chocolate se posaron en ella.

Había sentido una oleada de deseo.

Finalmente Anna había llegado a la última de las suites en la lujosa planta presidencial. Le dolía la espalda y tenía el pelo pegado a la frente bajo la cofia de doncella.

–Servicio de limpieza –dijo en voz alta mientras llamaba a la puerta.

Como no hubo respuesta abrió con la llave maestra y entró empujando el carro de la limpieza.

Era la suite más grande del hotel, con vistas a la ciudad y a las zonas verdes del río Yarra. Las habitaciones estaban ricamente amuebladas, decoradas en tonos intensos y vibrantes que hacían recordar los gustos de la aristocracia o de la realeza.

Algo en esa estancia le provocó cierto desasosiego. Tal vez se debía a la evidente riqueza del ambiente que le chocó porque, en comparación, le recordaba su desesperada necesidad de dinero. O tal vez era la sensación de estar vigilada, la misma que había sentido desde que Carlo le había enseñado las fotografías de lo que había sucedido entre ellos cuando ella compartió su cama.

Anna se obligó a apartar aquel doloroso recuerdo de su mente y quitó las sábanas de la amplia cama. Las arrojó en el cesto de la lavandería antes de recoger las sábanas limpias del carrito.

Luego las puso en la cama y empezó a cambiar las fundas de las almohadas, pero de pronto se detuvo al sentir una leve fragancia a limón que le era familiar. No pudo evitar la tentación de oler una de las fundas mientras recordaba que esa misma fragancia quedaba impregnada en su piel cada vez que Lucio la acariciaba, marcándola como si fuera su...

Bruscamente borró las imágenes de su mente mientras se inclinaba a recoger el cobertor que había dejado en el suelo junto a la cama.

De pronto su campo visual fue invadido por unos zapatos italianos seguidos de unas largas piernas enfundadas en unos pantalones oscuros cuya línea impecable no acababa nunca mientras su mirada ascendía lentamente.

Con el cuerpo tembloroso y presa de una fuerte conmoción, Anna dejó caer el cubrecama al ponerse de pie.

–Así que volvemos a encontrarnos, Anna. Y además en mi habitación –dijo Lucio Ventressi arrastrando las palabras.

Capítulo 2

ANNA lo miró estupefacta.

–¿Te hospedas... aquí?

Los ojos oscuros lentamente recorrieron la figura vestida con el uniforme negro y blanco antes dc posarse en el afligido rostro.

–Como puedes ver.

–No... no tardaré mucho –balbuceó al tiempo que se agachaba a recoger el cubrecama, pero él puso el elegante zapato encima para impedir que lo hiciera.

–Déjalo.

–Tengo que terminar la habitación –replicó ella tirando inútilmente del cubrecama.

–He dicho que lo dejes.

Anna dejó de insistir y se enderezó mientras se secaba las palmas húmedas en el delantal blanco.

Él no disimulaba su enfado.

–¿Qué demonios haces limpiando las habitaciones de un hotel? –preguntó con los ojos brillantes de rabia.

Ella alzó la barbilla.

–Alguien tiene que hacerlo.

–Dijiste que tenías dos empleos. ¿Cuál es el otro?

Ella alzó aún más la barbilla.

–Trabajo en un bar.

Lucio maldijo.

–¿Se puede saber por qué?

–Por el motivo de siempre... dinero.

–¿Eres pobre? –inquirió con el ceño fruncido.

–Comparado con alguien como tú, sí.

–No juegues con las palabras. Contéstame. ¿Tienes dificultades económicas?

La repentina visión de su pequeño Sammy pasó por su mente. El estómago se le encogió de miedo al pensar que podía perderlo a causa de su orgullo.

–Sí –confesó a regañadientes, sin alzar la vista.

–¿A qué se deben tus dificultades económicas?

–Sammy necesita... una intervención quirúrgica. No tengo seguro privado. Si me inscriben en la lista de espera de la sanidad pública... podría ser muy tarde para él.

–¿Qué le pasa?

–Tiene una dolencia cardíaca.

–¿Seria?

Ella respiró con dolorosa dificultad.

–Necesita la operación para poder llegar a la edad adulta.

Lucio volvió a lanzar una imprecación.

–¿Cuánto vale esa operación? –preguntó tras una pausa.

Ella se lo dijo y él ni siquiera pestañeó. Para él esa suma no era nada, y sin embargo podía salvar la vida de un niño, pensó irritada.

La vida de su hijo.

Anna lo miró de soslayo. Lucio estaba pensando; no, más bien estaba calculando, planeando algo.

–Tal vez podría ayudarte –dijo tras una pausa premeditada.

–¿Por qué habrías de hacerlo? –preguntó ella con una mirada cargada de sospecha.

–Tengo mis razones.

–¿Te refieres a un préstamo?

–No.

–¿A qué te refieres entonces?

–Pagaré la operación de Sammy bajo una condición.

–¿Una condición? ¿Qué clase de condición? –preguntó después de tragar saliva.

Los ojos oscuros la miraron con decisión.

–Puedes salvar la vida de tu hijo, pero a cambio debes hacer algo por mí.

–Haré cualquier cosa por salvar la vida de mi hijo. Cualquier cosa.

Lucio esbozó una sonrisa.

–Me alegra oír eso porque esperaba más resistencia por tu parte.

–¿Qué quieres que haga? –preguntó, atemorizada.

Él le dirigió otra mirada contemplativa.

–Pensé que ya lo sabías, *cara*.

Algo en la expresión del hombre le produjo un inesperado vuelco en el estómago.

–No tengo la menor idea. Me temo que no tengo mucha experiencia en descifrar los motivos ajenos.

–Pero tienes mucha experiencia en otros asuntos, ¿no es verdad?

Ella se negó a permitirle la satisfacción de ver cuánto la hería su cruel sarcasmo.

–Tengo la experiencia suficiente para saber que lo que me ofreces no es por un simple acto de caridad. Así que no juegues conmigo y dime qué es lo que quieres –espetó con rabia.

–Vaya.

Él estudió el juego de las emociones en el rostro de la joven durante un largo instante. Anna deseó arrojarle el ofrecimiento a la cara sin oír siquiera sus condiciones, pero no era una batalla que libraba para sí. Era la batalla por la vida de Sammy.

–Por favor, Lucio –el hecho de estar a punto de rogarle la enfermaba–. No me lo hagas más difícil.

–¿Y por qué no? Tú me destrozaste el corazón.

–No... no quise hacerlo.

–*Dio*! ¡Te acostaste con mi hermano!

¿Cómo podía negarlo? Carlo tenía fotos que comprobaban los hechos, incluso aunque ella apenas recordara lo que había sucedido.

–¿Sammy es su hijo?

Cada vez que Lucio y ella habían hecho el amor, él había utilizado un preservativo. Había insistido en ello para protegerla argumentando que tenían mucho tiempo por delante para planificar una familia una vez que estuvieran casados.

–Creo... creo que sí.

Lució volvió a maldecir.

–Me das asco. Te entregaste a él cuando faltaban pocos días para nuestra boda.

–Lo siento mucho.

–Lo sentirás mucho más cuando acabe contigo.

–¿Qué... qué quieres decir?

Él la miró con los labios convertidos en una dura línea, los ojos ardiendo de rabia.

–Pagaré la operación de mi sobrino, pero a cambio quiero que vuelvas a mi cama.

Anna lo miró con los ojos agrandados de alarma.

–¡No!

–¿No? No creía que fuera una palabra que utilizaras a menudo.

Anna cerró los ojos para no ver su mofa.

–No puedo hacerlo.

–De acuerdo. Termina de hacer la habitación y vete.

Estaba a medio camino hacia la puerta cuando recobró el juicio.

–Lucio...

–¿Sí? –preguntó con una expresión extremadamente aburrida.

Incapaz de mantener su mirada, Anna bajó la vista al suelo, su orgullo totalmente destruido.

–Lo haré. Haré lo que me pidas.

–Muy bien –dijo al tiempo que cruzaba los brazos sobre el pecho como si hubieran discutido un tema baladí y no algo tan serio como reanudar una relación que finalmente sólo la dañaría a ella–. Ve a la sala y hablaremos más fondo.

Anna lo siguió fuera de la habitación.

Lucio se acercó al bar.

–¿Quieres una copa?

–No bebo.

«Nunca más», quiso agregar, pero no lo hizo. Había tomado la última copa en compañía del hermano y eso le sirvió de lección para toda la vida.

Anna lo observó echar soda en un vaso y luego verter una medida decente de whisky en su copa.

–¿Hielo?

Ella negó con la cabeza y con mano temblorosa tomó el vaso que le tendía.

–¿Qué te sucede, *cara?* –preguntó en tono jovial–. ¿Es que te desagrada el pensamiento de volver a compartir la cama conmigo?

–No puedo decir que me haga ilusión –dijo al tiempo que sentía una inesperada oleada de deseo–. Esto no es nada más que prostitución –atacó a la defensiva.

–No es prostitución. Es una retribución. Por los pecados del pasado –corrigió.

–Estoy segura de que podrías obtener más de lo que yo pueda darte ahora por mis pecados del pasado.

–Si te refieres a tener otras mujeres, sí. Las he tenido –dijo. Ella deseó no haber hablado. Le dolía demasiado imaginarlo con alguien más, con cientos de mujeres–. Aunque no me cabe duda de que tú también te has divertido. Alguien con tus... necesidades no puede prescindir de la diversión demasiado tiempo.

Anna sintió que se ruborizaba hasta la raíz de los cabellos al recordar las necesidades que él había despertado en ella. Había sido una estudiante de la pasión muy aventajada; su inocencia no puso barreras al éxtasis que había experimentado en los brazos de ese hombre.

–Ahora soy madre.

–Encuentro que la maternidad es muy sexy –comentó con los ojos puestos en los pechos turgentes de la joven–. Muy sexy, de verdad.

Ella se evadió del escrutinio dirigiéndose al sofá.

–¿Cuánto tiempo pretendes mantener este... trato?

–No demasiado tiempo. Estaré en Melbourne unos tres meses. Durante ese tiempo quiero que seas mi amante –declaró. Anna sintió un vuelco en el estómago–. Con esto quiero decir que vivirás conmigo para satisfacer todas mis necesidades.

¡Ella estaba demasiado familiarizada con esas necesidades!

–¿Y qué será de Sammy y Jenny? –preguntó con la esperanza de encontrar una escapatoria–. No puedo irme contigo y dejarlos solos.

–He alquilado una gran propiedad en South Yarra. Estará disponible en un par de días. Tu hermana y tu hijo vivirán con nosotros hasta que deje... –Lucio vaciló un segundo– de necesitarte.

–Cambiarse de casa es una perturbación para un niño.

–Imagino que morirse también lo es.

Ella palideció al oír semejante crueldad.

–¿Cómo puedes hacer esto? ¡Estás negociando con la vida de un niño! –exclamó con una mirada de indignación.

Él se aproximó y la agarró de los brazos antes de atraerla hacia su cuerpo.

–Pudo haber sido mi hijo pero me negaste ese privilegio. ¿Sabes el infierno que he pasado pensando en el modo en que provocaste a mi hermano en mi ausencia? ¿Lo sabes? –dijo lanzando fuego con la mirada–. He muerto miles de veces al imaginarte junto a él. En mis sueños he oído tus gritos de placer, gritos que me pertenecían.

Anna intentó zafarse de sus brazos.

–¡No! ¡Déjame ir!

–¡No! –exclamó al tiempo que la apretaba contra su pecho–. No me digas «no» cuando le dijiste «sí» a Carlo. A mí me dirás «sí» con la misma pasión.

–No. No te deseo.

–Haré que me desees –declaró con una seguridad que la dejó aterrorizada.

–Por favor, no me pidas esto.

–No te lo pido, te lo digo. Serás mía durante tres meses. De otro modo tu hijo no recibirá la ayuda que necesita.

Anna deseó que fuera sólo una fanfarronada. Él ya sabía que Sammy era su sobrino. ¿Como podría darle la espalda a un ser de su propia sangre si ella se negaba a hacer lo que le pedía?

Si, le volvería la espalda porque su orgullo le impedía hacer otra cosa. La traición había destruido sus sentimientos hacia ella y en el presente su única motivación era la venganza.

Anna bajó la cabeza, derrotada.

–¿Cuándo quieres que... empiece? –preguntó con una voz inexpresiva.

–Ahora.

–¿Ahora? –dijo con los ojos desmesuradamente abiertos–. Se supone que estoy trabajando.

–Tu trabajo acabó hace diez minutos.

–¡No puedo dejar de trabajar!

–Parece que olvidé decirte que te pagaré por tus... servicios.

Anna se ruborizó de vergüenza.

–No puedes hacerme esto.

–Puedo y lo haré.

–¿Tanto me odias?

–Me basta decir que he esperado largo tiempo este momento.

–Hablas con tanta amargura... Pensé que me habías olvidado. Fui sólo un breve episodio en tu vida.

–¡Eras mi vida! Quise darte el mundo, pero me lo arrojaste a la cara.

–Lo siento –balbuceó porque no podía decir otra cosa.

–No quiero tus disculpas.

–¿Qué quieres entonces? –preguntó al tiempo que alzaba el rostro, desesperada–. ¿Que te implore?

–No. Quiero que te sientas atormentada de deseo por mí. Que sientas lo mismo que yo cuando te conocí.

Sus palabras impactaron a la joven.

–Lucio, ¿no ves que esto no está bien?

–No –exclamó al tiempo que le apretaba los brazos con más fuerza–. Te deseo como sea. Puedes acercarte a mí movida por la gratitud o por el odio. Me es indiferente. Serás mía al margen de lo que sientas por mí.

Ella abrió la boca para protestar, pero fue demasiado tarde. La boca de Lucio se aplastó contra la suya mientras la lengua se abría paso entre los labios de la joven; que no pudo evitar responder a pesar de su voluntad.

Anna sintió la mano que buscaba sus pechos y le facilitó la tarea. Sus muslos se aflojaron al sentir el pulgar en un pezón. De pronto se sintió flotar en un mar de urgencia, y cada ola amenazaba con ahogarla.

La joven sintió la pared contra su espalda y la excitación de Lucio contra su cuerpo.

Intentó luchar contra su propia reacción, pero fue incapaz de controlarla. Su cuerpo gritaba por el cuerpo dominante de Lucio mientras las manos masculinas la acariciaban con ansia.

La boca de Lucio buscó los pechos que los dedos habían liberado del uniforme.

–Eres tan hermosa –gruñó–. He soñado con este momento...

Sus palabras la conmovieron y aterrorizaron. Ella lo deseaba, pero la imagen de Carlo se interponía entre ellos. No recordaba lo que había sucedido en la cama de Carlo pero sabía que aquello había acabado en un hijo, su hijo. ¿Cómo podría pasar de los brazos del hermano a los de Lucio sin tener en cuenta el sentido de la moralidad?

–Lucio... –llamó al tiempo que lo empujaba con fuerza–. No sé si podré hacer esto.

–¿Te resistes a compartir mi cama después de haber pasado por la de mi hermano?

Anna se encogió ante la dureza de su tono.

–Esto no tiene nada que ver con... Carlo. Tiene que ver contigo y... conmigo.

–Está enteramente relacionado con Carlo. Tuviste un hijo suyo. Me rechazaste por él.

–No te rechacé por él. Os abandoné a ambos.

–¿Debo suponer que es un consuelo? Lograste seducir a mi hermano pensando que quedarías impune porque me encontraba fuera de la ciudad, pero cometiste el error de subestimar a Carlo. Él pudo ver más allá de tu inocente fachada. Yo estaba cegado por el amor.

–Nunca me amaste –dijo ella con un tono sombrío.

–Te amé con cada fibra de mi ser. Destruiste ese amor tentando a Carlo cuando bajó la guardia.

Ella lo miró con incredulidad.

–¿Eso fue lo que te contó?

–¿No puedes decirle que soy tu secretaria o algo así? Cualquier cosa sería preferible a...

–No sólo te limitarás a ser mi amante, Anna, sino que tendrás que aparentar que disfrutas con ello, ¿me entiendes?

–¿Y qué hay de Jenny y de Sammy? ¿Qué se supone que debo decirles? –preguntó con una mirada resentida.

–Sammy es demasiado pequeño para comprender. En cuanto a tu hermana, tendrás que decirle que hemos reanudado nuestras relaciones indefinidamente.

–¿Indefinidamente? Pero dijiste que era sólo por tres meses.

–Soy yo el que dicta las órdenes, Anna. Harías bien en recordarlo.

Anna salió de la habitación hecha una furia hacia el ascensor de servicio.

¿Qué treta del destino la había llevado a esa cafetería?

Años atrás, él le ofreció ayuda sin pedirle nada a cambio. La llevó junto a Jenny a casa de su madre, donde las hermanas se sintieron bienvenidas a pesar de la barrera del idioma.

Anna se dejó llevar por los recuerdos. Con gran dolor pensó que la felicidad de aquellos días rápidamente se había transformado en la desesperación del presente.

La madre de Lucio era una mujer bajita, graciosa y encantadora y desde el comienzo hizo que se sintieran en casa. A pesar de su decisión de marcharse a Australia en el curso de esa semana, la familia Ventressi insistió que se quedaran más tiempo.

Así que pasaron unos gloriosos días de verano visitando Nápoles, Pompeya y la costa de Amalfi.

En el curso de los días habían planeado una excursión a Tivoli, pero la mañana de la partida Jenny anunció que le dolía la cabeza, así que Jovanna, la madre de Lucio, insistió en quedarse en casa para cuidarla. Carlo todavía se encontraba en viaje de negocios así que Lucio y Anna emprendieron solos el viaje a Villa d'Este.

La joven apenas contenía su emoción al pensar que pasaría un día entero en compañía de Lucio. Durante las dos últimas semanas su inclinación hacia él había aumentado sin cesar. El corazón le daba un vuelco en el pecho cada vez que la mirada oscura se posaba en ella a través de una mesa o de una habitación.

Era demasiado inexperta para saber si él se interesaba por ella, pero le gustaba su modo de escucharla cuando le contaba algo interesante, con los ojos llenos de divertida calidez.

–¿Te gusta nuestro país, Anna? –preguntó cuando se dirigían al convento benedictino.

–Me encanta tu país –dijo tímidamente–. Me gusta todo, la comida, el vino, el clima...

–¿Y la gente? –preguntó alzando una ceja expresivamente.

–Adoro a la gente –dijo súbitamente ruborizada.

Él se echó a reír y ella recibió su risa con un delicioso escalofrío en la espalda.

–Hay muchas cosas que quisiera enseñarte, Anna –dijo sonriendo.

Anna le devolvió la sonrisa con el corazón galopando en el pecho.

–¿No te importa haber venido conmigo solamente? –preguntó cuando él la ayudó a bajar del coche.

Los ojos de Lucio se posaron en la suave curva de la boca antes de volver a la brillante mirada de la joven.

–Adoro el hecho de habernos quedado finalmente solos –murmuró al tiempo que inclinaba la cabeza hacia su boca.

A partir de ese momento, Anna se sintió perdida. El beso fue exquisitamente suave y ella le respondió plenamente sin poder controlarse. Alguna vez la habían besado pero nada se podía comparar a la sensación de los labios de Lucio sobre los suyos. Sus labios eran firmes y la lengua se deslizó en su boca con decisión pero controladamente, como si advirtiera la limitada experiencia de la joven.

Más tarde, Anna recordaría la Villa d'Este como el sonido del agua, el gorjeo de los pájaros y el redoblar de campanas lejanas. Estaba perdida en una sensación de ensueño mientras paseaba del brazo de Lucio y apenas escuchaba lo que él decía.

–Este lugar fue construido por el cardenal Ippolito d'Este, hijo de Lucrezia Borgia. ¿Ves esa avenida? Es la Terraza de las Cien Fuentes.

La mirada de Anna recorrió las fuentes decoradas con figuras y formas cubiertas de musgo con una mirada brillante de amor, no de interés.

Estaba enamorada de Lucio.

–No me escuchas, *cara*. ¿Qué voy a hacer con esta turista tan poco atenta? –preguntó mientras la abrazaba.

–Estaría más atenta si no me hubieras besado

nada más llegar a los jardines. Me he distraído completamente –comentó entre risas.

–Quería besarte. He soñado con ello desde el momento en que te vi consolando a tu hermana en la calle.

–¿De veras?

–¿No has visto cómo te miro, sin poder apartar los ojos de ti? ¿Cómo mis dedos anhelan tocarte y mi cuerpo te reclama?

Ella sintió la excitación de Lucio contra su cuerpo y también sintió su pulso acelerado en respuesta a su cercanía.

–No estoy acostumbrada a sentir esto –confesó con timidez.

–¿No tienes experiencia, *cara?* –preguntó con suavidad.

–No, lo siento.

–¿Lo sientes? ¡No lo sientas! ¿No te das cuenta de cuánto he deseado conocer a alguien como tú? Alguien que no haya dormido con decenas de hombres antes que yo.

–Es un modo de pensar bastante anticuado, Lucio –no pudo dejar de decir.

–Sí, soy italiano, así que se me permite ser tradicional, ¿verdad?

–Si realmente eres tan tradicional ya debes de tener asignada una muchacha italiana como compañera de vida.

–Elegiré a mi propia esposa y he decidido que seas tú.

–¿Yo?

–¿Por qué no? Estoy loco por ti. No sabes cómo te deseo.

–Pero sólo tengo veintiún años.

–¿Y qué más da? Yo tengo treinta, sólo nueve años mayor que tú.

–Pero soy australiana.

–¿Y qué?

–Debo volver a casa. Allí tengo mi trabajo y...

–Como mi esposa podrás viajar por el mundo y tu hermana también. No te ataré a mi país. Tengo intereses comerciales en Australia y, además, algunos familiares emigraron hace años allí. Podemos vivir entre los dos países.

–Oh, Lucio –Anna se hundió en sus brazos–. No puedo creer que esto me esté ocurriendo a mí.

–Créelo, *cara* –susurró en sus cabellos–. Tenía que ser. Es el destino.

Anna salió del ascensor y se dirigió a la sala del personal.

Más tarde se cambió el uniforme. No era la primera vez que deseaba que su ropa no fuera tan vieja y anticuada.

Se arregló el pelo lamentando la ausencia de maquillaje.

Lucio había cambiado. Ya no era el hombre amable y gentil de sus sueños. Se había convertido en un vengador decidido a hacerle pagar sus pecados.

¡Y cómo había pagado ya esos pecados!

No pasaba un día sin que se preguntara cómo había llegado a hacer algo tan desacostumbrado en ella. Si no existieran fotografías para demostrar lo contrario habría pensado que todo era una mentira.

Carlo siempre se había presentado como el encantador hermano menor de Lucio, feliz de ser el segundo de a bordo. Había recibido la noticia del compromiso de su hermano con su acostumbrada ecuanimidad, pero de alguna manera Anna sospechaba su irritación. A menudo había descubierto su mirada puesta en ella en momentos inesperados. Había querido contárselo a Lucio pero él andaba ocupado cerrando unos negocios para poder dedicarse a la organización de la boda, que estaba programada para dentro de un mes.

Esas semanas habían pasado en una ráfaga de delicia sensual. Lucio le había enseñado el lenguaje del amor y su cuerpo había aprendido a expresarse con gran fluidez. Había sollozado en sus brazos a causa de la intensidad de sus sensaciones. Su felicidad no había tenido límites.

Incluso Jenny había perdido su aspecto frágil, su delgado cuerpo de joven de quince años se había redondeado y había aumentado notablemente la confianza en sí misma.

Juntas planearon la boda de Anna. Solían quedarse hasta tarde en la noche examinando modelos de trajes de novias y ramilletes de flores. Ninguna mencionaba a la madre, pero ambas deseaban que hubiese podido ver cómo las cosas habían cambiado felizmente para ambas jóvenes.

Pero Carlo se había encargado de que no fuese así.

Una de las primeras noches en que Lucio se encontraba ausente por negocios, le había tendido una copa de champaña con una sonrisa que ocultaba sus intenciones.

–Por tu futuro, Anna –brindó alzando su copa.

Algo en el tono de su voz la alertó del peligro, pero lo ignoró, consciente de que Jenny se encontraba en la habitación de al lado.

Cuando finalmente despertó, la luz del sol brillaba como un ojo acusador sobre su cuerpo desnudo, tendido en la cama de Carlo. Entonces fue cuando Anna se dio cuenta de su error.

Capítulo 3

ANNA alejó sus pensamientos del pasado. Los hechos ya no se podían cambiar.

No tenía más remedio que creer lo que Carlo había contado a Lucio. Había seducido a su hermano y cuando Carlo había despertado y se había dado cuenta de su error había hecho las fotografías para probar cuán lasciva era ella, sabiendo que nunca podría convencer a Lucio sin pruebas sólidas.

Todavía se encogía de vergüenza al recordar su cuerpo desnudo tendido en la cama como en una película pornográfica. Sammy había sido concebido en un acto de seducción. Era un niño inocente. ¿Cómo podría contarle alguna vez las circunstancias de su concepción?

Con un suspiro, alzó la mano para llamar a la suite de Lucio, pero la puerta se abrió de inmediato.

–¿Por qué has tardado tanto? –gruñó.

–Han sido un poco más de diez minutos –respondió a la defensiva.

–Dije diez minutos, no más. Cuando digo una hora espero que obedezcas, ni un segundo más ni menos –replicó al tiempo que cerraba la puerta de golpe.

Ella se tragó la ira. ¿De modo que así iban a ser las cosas en el futuro? «Yo soy el amo y tú la esclava».

–¿Algo más, señor? –preguntó, indignada.

–Sí. Quítate la ropa.

Ella retrocedió, consternada.

–¿Qué?

–Ya lo has oído.

–No hablas en serio.

–Quítate la ropa o lo haré yo por ti –ordenó en tono implacable.

–Yo... yo necesito tiempo.

–Has tenido cuatro años.

–¿No estarás llevando tu venganza demasiado lejos? –preguntó al tiempo que sentía que su compostura empezaba a desmoronarse.

–Hace mucho tiempo que pienso en este momento. Lo hiciste por mi hermano, ahora hazlo por mí.

–No hagas esto, Lucio.

–No me digas lo que puedo o no puedo hacer. Harás lo que te diga o sufrirás las consecuencias.

–Te odiaré toda mi vida.

–Me demostraste tu odio cuando dormiste con mi hermano. Ahora me toca demostrarte el mío.

De pronto todo lo que le sucedía fue demasiado para ella y se echó a llorar con desesperación.

Lucio se quedó paralizado al ver cómo se sacudían los hombros de Anna. Todos sus pensamientos vengativos desaparecieron al instante.

–Anna –murmuró al tiempo que se acercaba a ella.

–¿Ves lo que has hecho? ¿Estás feliz?

–No quería hacerte llorar. Lo siento. Había olvidado la tensión que estás pasando a causa de tu pequeño.

La suavidad de su tono la hizo llorar más aún.

–Ha sido tan duro... He hecho todo lo que he podido, pero no es suficiente. No podría verlo... morir. Seguro que lo entiendes, ¿verdad?

–Desde luego que lo entiendo –murmuró a la vez que le tendía un pañuelo, donde Anna escondió la cara para evitar su mirada–. Te llevaré a casa con él.

–Puedo ir en el tranvía.

–Anna –dijo al tiempo que le ponía la mano en el hombro–. Esto... esto es entre tú y yo. Quiero que sepas que Sammy y Jenny no están implicados en esta cuestión.

–Muy decente por tu parte –replicó con sarcasmo–. ¿Cómo puedes humillarme de esta manera? –añadió con rabia.

–Así que después del llanto vuelves a gruñirme, ¿verdad, *cara*?

–Me gustaría arrancarte los ojos. ¡Te odio! ¿Cómo puedes vivir contigo mismo? ¿Cómo puedes hablar con tanta tranquilidad de algo que no es más que una explotación?

–No te estoy explotando, *cara*. Te estoy ayudando.

–Una ayuda para conseguir tus propios fines.

–No voy a tolerar tus insultos.

Furiosa, Anna volvió la cara hacia otro lado.

–¿Cuándo debo presentarme a cumplir con mi... deber? –preguntó con todo el desprecio del que era capaz.

–Tienes dos días para hacer tus maletas. El jueves enviaré un coche a recogerte.

Sumida en su aflicción, Anna guardó silencio durante todo el trayecto de vuelta a casa.

–Gracias por traerme –balbuceó cuando el Maserati estacionó frente a su casa.

–Espera –dijo Lucio al tiempo que le tomaba el brazo–. ¿No vas a presentarme a tu hijo? –preguntó en un tono levemente burlón.

–Es posible que esté durmiendo –dijo ella al tiempo que intentaba abrir la puerta del coche.

–Entonces lo vas a despertar y le presentarás a su tío –dijo aferrándole la muñeca.

–¡No lo voy a hacer!

–¡Mami! ¡Mami! –una vocecita llamó desde el último piso de los apartamentos.

Anna bajó del coche.

–Hola, cariño –saludó con una mano todavía temblorosa.

–¿Quién es ese hombre?

–Dile que soy su tío –dijo Lucio detrás de ella.

Anna se volvió hacia él.

–¡No puedo hacerlo!

Él la miró con dureza.

–¿Por qué no?

–Porque le dije a Jenny que Sammy era tu hijo. Tuve que hacerlo. No quise perturbarla contándole... Pensé que era lo mejor.

–*Dio!* Así que ni siquiera fuiste sincera con tu hermana respecto a lo que hiciste –acusó. Anna se mordió el labio dándole la espalda–. Lo discutiremos más tarde –añadió mientras le tomaba la mano.

La expresión de sorpresa de Jenny fue muy elocuente al verlos entrar y sus dedos volaron haciendo preguntas.

–Todo está bien –dijo Anna hablando con los labios y los dedos al mismo tiempo–. Lucio y yo nos hemos vuelto a encontrar.

Jenny sonrió y habló en voz alta.

–¿De veras?

–Sí, Jenny. Es verdad. Hemos reanudado nuestras relaciones. Hemos aclarado nuestro... malentendido y ahora estamos planeando nuestro futuro.

–¡Me siento tan feliz por vosotros! ¡He soñado tanto con este día! –Jenny se llevó las manos a ambos lados de la cara en un rapto de alegría.

–¡No te alegres demasiado! –Anna se expresó rápidamente con los dedos–. No vamos a casarnos... sólo viviremos juntos. Desde luego que tú y Sammy vendréis con nosotros.

–¿Y qué importa que no os caséis? Lo que verdaderamente importa es que volvéis a estar juntos. Por fin Sammy podrá disfrutar de su padre –expresó con una sonrisa.

Anna había pensado que no volvería a ver a Lucio así que le pareció que lo más adecuado era decirle a Jenny que era el padre de su hijo.

–Veo que tendré que aprender a expresarme con signos; de lo contrario hablaréis a mis espaldas sin que yo lo sepa –dijo Lucio arrastrando las palabras.

Jenny dejó escapar una risita y Anna hirvió de rabia.

Sammy entró como un torbellino en la habitación y se paró frente a la alta figura, junto a su madre.

–¿Quién eres?

Lucio se puso en cuclillas y le tendió la mano.

–Soy tu padre, jovencito.

–¿De veras?

–De veras –dijo al tiempo que lo alzaba en sus

brazos. El corazón de Anna se encogió al verlos juntos por primera vez. Nadie diría que no eran padre e hijo. Tenían el mismo pelo y ojos oscuros, la misma barbilla y la misma boca de firmes líneas.

–He sabido que no has estado muy bien, pero ya estoy aquí, así que lo único que tienes que hacer es ponerte bueno.

–Pero cuando me ponga bueno, ¿te quedarás conmigo?

Anna volvió la cara, incapaz de presenciar cómo mentía a su hijo.

–Te haré una promesa, Sammy. Tú te pondrás bien y yo te veré todos los días.

Anna sintió que se le encogía el estómago de miedo.

Los Ventressi eran una familia poderosa que contaba con los mejores abogados del país. Sería muy sencillo para ellos arrebatar el hijo a la madre soltera y entregarlo a su adinerado padre. Carlo podría darle todo lo que ella nunca se atrevería a soñar: la mejor atención médica, una refinada educación en colegios privados, vacaciones a la orilla del mar... La lista era interminable. Ella no tendría argumentos legales para defenderse. Había ocultado al padre la existencia del hijo y eso sería muy mal visto en una sociedad patriarcal como la italiana.

–Sammy, ¿por qué no vas a la tienda con la tía Jenny mientras yo converso con... tu padre?

–Vamos, Sammy. De camino podremos pasear por el parque –dijo Jenny.

Anna le dirigió una mirada de agradecimiento y esperó que se cerrara la puerta de la calle para volverse hacia Lucio.

–No tienes derecho a mentirle de esa manera.

Él recibió la fiera mirada con tranquilidad.

–No le mentí. Estoy decidido a verlo todos los días.

–¿Cuánto tiempo? ¿Tres meses? Es un niño pequeño, Lucio, no un juguete que puedes tirar cuando te dé la gana. Él se va a encariñar contigo y cuando te marches...

–No me cabe duda de que es un Ventressi. Aunque se parece más a mí que a Carlo.

–Gracias a Dios que no ha heredado tu carácter –disparó Anna, sin poder evitarlo.

Lucio la miró largamente con una expresión impenetrable.

–Tendría que haber sido mío –dijo finalmente.

Anna se miró las manos.

–No podemos cambiar el pasado por mucho que lo deseemos.

–¿Así que te arrepientes de tus actos?

–Me sorprende que lo preguntes. Me arrepiento de todo. De haberte conocido y haberme enamorado de ti.

–Tú no me amabas. Querías un vale de comida y me atrapaste con tu fingida inocencia. Y yo caí en tus redes como un idiota sin darme cuenta de que desde el principio habías puesto los ojos en Carlo.

–¡Eso no es cierto!

–¿No? Él me contó cómo lo perseguías. Todo el tiempo que estuve fuera tuvo que defenderse de tus avances.

–¡Eso es una mentira!

–¿Piensas que creería más en tu palabra que en la de mi hermano? Él nunca me ha mentido. Sin embargo, toda tu vida es una mentira. Has mantenido a mi familia en la ignorancia respecto a tu hijo.

–Que creas en tu hermano no significa que él diga la verdad. En cuanto a Sammy, ayer en el café parecías saberlo todo acerca de él.

–¿Creíste que ya no me iba a interesar por tu vida? Ahora puedo decirte que contraté los servicios de un detective privado. Sí, *cara*. Te he estado vigilando durante años.

–¿Y por qué esperaste hasta ahora para acercarte a mí?

Lucio se encogió de hombros.

–Es una táctica, *cara*. Quería asegurarme de que no ibas a rechazar mi oferta.

–No puedo creerlo –exclamó al tiempo que le lanzaba una mirada furiosa.

–¿Piensas que los términos de nuestro acuerdo no son satisfactorios?

–Me dan asco.

Anna deseaba gritar de frustración. Se sentía completamente impotente. No tenía adónde ir para escapar de sus garras. El fantasma de la enfermedad de Sammy se erguía ante ella y no había salida sin la ayuda de Lucio. ¿Y sus condiciones?

Le había llevado largos meses superar la depresión que casi había acabado con ella después de lo sucedido. ¿Podía volver a arriesgar su salud mental volviendo otra vez al pasado?

–Necesito tiempo para acostumbrarme a... esta situación. Tengo que tramitar la admisión de Sammy en el hospital y yo...

–Ya lo he hecho. Dada la urgencia del caso pensé que había que actuar lo antes posible. Así que a principios de la próxima semana se realizará la intervención.

–¡No tenías derecho!

–Tengo todo el derecho del mundo. Aparte de Jenny y tú, soy su pariente más próximo. No vale la pena discutir este asunto. Ahora estás sometida a una fuerte tensión. Pensé que podría ayudarte si me encargaba personalmente de hacer los trámites necesarios.

–Gracias –balbuceó a regañadientes.

–He informado al hospital de que me haré cargo de todos los gastos de Sammy –declaró en tanto sacaba una tarjeta bancaria del bolsillo de la chaqueta y se la tendía–. El número secreto coincide con la fecha de tu cumpleaños. Hay suficiente dinero para comprar ropa adecuada para ti, Jenny y Sammy.

–No la quiero.

Lucio le cerró los dedos sobre la tarjeta.

–La aceptarás y la vas a utilizar, ¿entendido?

–¿Qué clase de ropa quieres que me compre? ¿Algo para encandilarte? –preguntó con resentimiento.

–No necesitas ropa para lograrlo.

Anna se ruborizó al recordar las odiosas fotografías.

–No puedo hacer esto –dijo con un gesto desamparado–. No puedo fingir ser tu amante de esta manera.

–No vas a fingir, y me voy a asegurar de ello.

Ella lo miró consternada. ¿Ésa iba a ser su venganza final? ¿Asegurarse de que volviera a amarlo y desearlo como antes?

–Me vas a destruir, Lucio –murmuró al borde de las lágrimas–. No me hagas odiarte por esto.

Anna sabía que nunca podría odiarlo. Lo amaba como siempre lo había amado, sin reservas, totalmente.

Lucio se acercó a ella y la estrechó entre sus brazos.

–Anna, sé que ya me odias. Por tanto, ¿qué tengo que perder? –murmuró al tiempo que inclinaba la cabeza hacia sus labios.

Ella sintió la lengua deslizarse en su boca. Todos sus sentidos se alertaron y se sintió perdida en medio de una llama de deseo.

Se derretía como una vela contra el cuerpo excitado de Lucio que la estrechaba con fuerza.

Y ella le respondió con todo el ardor de su cuerpo, unido íntimamente al suyo.

–He anhelado tanto este momento... Nunca he olvidado el placer de sentirte bajo mi cuerpo, retorciéndote de deseo.

Una urgencia que sólo él podía despertar en ella.

La lengua de Lucio jugueteaba en su boca y la mordía con suavidad, incitándola a hacer lo mismo.

Ella aceptó el desafío y le mordió con fuerza el labio inferior.

–Gatita salvaje –gruñó contra la boca de la joven–. ¿Quieres hacerme daño, *cara*?

–Te mataría –jadeó ella contra sus labios.

–Mátame entonces. Moriría feliz.

–¡Te odio! –murmuró con la voz enronquecida mientras Lucio se inclinaba hacia su pecho y le mordía un pezón a través de la blusa y ella respondía clavando los dedos entre los cabellos oscuros–. Te odio.

–Me encanta tu modo de odiarme –murmuró

contra su pecho–. Tu cuerpo me odia con tanto fervor que hasta puedo oírlo.

Los latidos frenéticos del corazón traicionaban a Anna, pero no podía hacer nada para evitarlo.

–Sammy y Jenny volverán en cualquier momento –le recordó al tiempo que intentaba zafarse de su abrazo.

Lucio se apartó de ella con una naturalidad envidiable.

–Recuerdo un tiempo en que eso no te hubiera importado demasiado; habrías llegado al final con toda la pasión de tu naturaleza salvaje. No olvido cómo me tentaste con tus irresistibles encantos. Hombres más fuertes que yo habrían flaqueado ante tan deliciosa tentación.

Ella volvió la cara para no ver la burla que brillaba en sus ojos, nada dispuesta a verse a sí misma como él la veía. Anna sabía que era una mujer de principios. Siempre se había conducido con propiedad. Hasta Carlo... que fue como una mancha en un folio en blanco.

–Por favor déjame sola. Soy incapaz de luchar contigo cuando me siento tan vulnerable. No te quedarás satisfecho hasta no verme destruida, ¿verdad?

Lucio la miró con frialdad. Su boca se había convertido en una dura línea.

Capítulo 4

LOS DÍAS siguientes transcurrieron en frenética actividad.

Anna hizo el equipaje con cuidado. No quería llevar todas sus pertenencias a la casa de Lucio porque sabía que pronto tendría que regresar con todo. No debía olvidar que su estancia allí era un acuerdo temporal.

Él no la quería. Sólo deseaba vengarse.

El coche enviado por Lucio llegó puntualmente y en unos minutos estacionó ante una imponente casa, más parecida a una mansión.

–Ésta es una casa muy grande, mami –comentó Sammy al tiempo que arrastraba de un brazo a su osito de peluche–. ¿Mi papá tiene una piscina?

Anna se inclinó a recoger su bolso en tanto le sonreía débilmente.

–No lo sé, cariño, pero pronto lo descubriremos.

La puerta se abrió para dar paso a una mujer mayor vestida de negro que los saludó en un inglés con fuerte acento.

–Señorita Stockton, soy Rosa, el ama de llaves del señor Ventressi –se presentó antes de inclinarse para mirar al niño–. Y tú debes de ser Sammy. Es la viva imagen de su padre.

–Ésta es mi hermana Jenny –dijo Anna al tiempo que la empujaba suavemente al interior.

–Encantada de conocerlas. El señor Ventressi me dejó instrucciones para que les diera la bienvenida y las acomodara en casa. Volverá tarde.

El ama de llaves las llevó a la planta superior mientras el chófer se encargaba del equipaje.

Rosa enseñó a Jenny una bonita habitación en tono rosa, con cortinas en forma de ondas que cubrían las grandes ventanas y conferían al dormitorio un aspecto muy femenino.

La habitación de Sammy, junto a la de Jenny, estaba pintada en tonos azules y celestes. Había un montón de costosos juguetes distribuidos por la habitación, juguetes que convertían en realidad los sueños de un pequeño de tres años.

–¿Son para mí? –preguntó el niño al tiempo que se acercaba a un inmenso camión.

–Sí, tu papá quiere que te sientas en tu casa –dijo Rosa con una sonrisa. Anna ardió de rabia. No quería que comprasen a su hijo con juguetes, y encima caros–. Su habitación es por aquí –añadió la mujer mientras la guiaba por un pasillo–. La dejo para que pueda instalarse con tranquilidad. Serviré la cena en una hora.

–Gracias, Rosa –Anna se esforzó por sonreír con sinceridad a pesar de que hervía en su interior.

Cuando el ama de llaves se hubo marchado inspeccionó el dormitorio principal.

Era una habitación inmensa con un armario empotrado que ocupaba una pared entera y un lujoso cuarto de baño adjunto.

Sedosas cortinas blancas y negras con borlas decoraban las grandes ventanas y sobre la amplia cama había un cobertor hecho con una finísima tela a juego con las cortinas. También había una butaca con orejas y un sofá.

Estaba claro que era la habitación de un hombre muy rico, acostumbrado a rodearse de lo mejor. Anna, con sus ropas gastadas, se sintió fuera de lugar en medio de tanta opulencia.

Con un suspiro se miró en el espejo junto a un pequeño escritorio de nogal.

Estaba pálida, las mejillas hundidas y grandes sombras bajo los ojos azules. La melena rubia había perdido su brillo. Todo su aspecto era el de una persona extenuada y mal nutrida.

De pronto, oyó un ruido a sus espaldas.

–¡Anna, mira lo que me ha comprado Lucio! –exclamó Jenny. Anna se volvió a mirar a su hermana, que llevaba varios vestidos de diseño en los brazos–. Rosa dijo que eran un regalo para mí.

–No puedes aceptarlos.

–¿Por qué no? ¿Pasa algo, Anna?

–No –mintió, odiándose a sí misma–. Pero no debemos acostumbrarnos. Todo este lujo no va a durar mucho... –comentó al tiempo que abarcaba la habitación con un movimiento del brazo.

–¿Por que no va a durar mucho? –preguntó Jenny, confundida–. Lucio es un hombre rico. Puede permitirse ser generoso.

Jenny. Mc siento incómoda al accptar cstos rcgalos tan caros. Si algo saliera mal...

–¿Qué podría salir mal? Lucio ha vuelto a tu vida y Sammy va a estar muy bien. ¿Qué cosa podría ir mal ahora?

Anna pensó en la bendita ignorancia de la juventud. Jenny era muy inocente a sus diecinueve años, llena de sueños románticos con final feliz. Ignoraba toda la historia, el oscuro secreto que había entre el pasado y el presente de Anna.

–Nada. Tienes razón. Soy una tonta –se rindió con un suspiro.

–Estás cansada –dijo Jenny con una sonrisa–. Ahora que estoy de vacaciones voy a cuidar de Sammy y tú podrás pasar más tiempo con Lucio –añadió antes de abandonar la habitación.

Lo último que Anna quería era pasar el tiempo con Lucio.

Sammy se quedó dormido antes de que Anna terminase de leerle el cuento. Tras arroparlo, lo besó en la mejilla al tiempo que sentía una oleada de amor maternal.

El ofrecimiento de Lucio estaba cargado de compromiso para ella. Todo su ser quería rechazar su ayuda, pero entre su resistencia y su orgullo se interponía el futuro de Sammy.

Jenny se había retirado a su precioso dormitorio rosa y el ama de llaves ya se había marchado. Largo rato estuvo paseando de arriba abajo mientras esperaba la vuelta de Lucio.

Finalmente, oyó que el Maserati se internaba por el camino de entrada.

Minutos más tarde, escuchó los pasos que se aproximaban a la sala de estar. Anna se puso de pie cuando él abrió la puerta.

–No tienes derecho a sobornar a nadie de esa manera –fue su airado saludo.

Lucio cerró la puerta.

–Buenas noches, *cara* –saludó en un tono casual al tiempo que dejaba la chaqueta en uno de los sillones color crema y se aflojaba la corbata–. ¿Pasa algo?

–¡Desde luego que sí! –exclamó, sofocada–. Todo está mal. Me pones deliberadamente las cosas más difíciles...

–¿Para dormir conmigo?

Anna se volvió hacia él con una mirada furiosa.

–No quiero dormir contigo.

–Pero no tienes alternativa, ¿verdad, mi amor?

–¿Crees de veras que una habitación llena de juguetes para Sammy y un armario lleno de ropa para mi hermana es todo lo que necesito para compartir tu cama?

–No, pero pensé que tomarías en cuenta el enorme gasto que me va a suponer la intervención de tu hijo –observó mientras se sentaba en el sofá y apoyaba los pies en una mesita de café, con las manos detrás de la nuca–. ¿Estás reconsiderando los términos de nuestro acuerdo?

–Todo esto es tan horriblemente frío... Me estás utilizando para dar rienda suelta a tu odio.

–¿Y por qué no debería hacerlo? –preguntó, con una mirada intencionada.

–Nadie es perfecto. Todos cometemos errores, es parte de la naturaleza humana.

–Algunos errores hay que pagarlos.

–¿Y qué me dices de tu hermano? ¿Qué precio ha tenido que pagar?

Lucio apretó la mandíbula mientras sostenía la mirada cargada de odio de Anna.

–Carlo ha pagado el precio de ignorar que tiene un hijo. No se me ocurre un castigo peor que ése.

–Por tanto, lo mires como lo mires, siempre soy yo la culpable.

–Sí –afirmó al tiempo que se ponía de pie–. Es culpa tuya. Estábamos prometidos y traicionaste esa promesa.

–¡No lo hice sola! –exclamó, al borde de las lágrimas.

–Carlo es un hombre de pelo en pecho. Le ofreciste una tentación demasiado difícil de resistir. Y me pidió perdón por lo que había hecho sin deliberación.

Anna lo miró con incredulidad.

–¿Sin deliberación? Me emborrachó con champaña intencionadamente.

La boca de Lucio se contrajo en un rictus de dureza.

–No debiste haber bebido.

–Y él no debió... no debió... –los ojos de Anna se llenaron de lágrimas, que limpió con un furioso manotazo.

–Como dijiste anteriormente, lo hecho hecho está y no puede modificarse. Así que habrá que remitirse a lo que tenemos aquí y ahora.

–Lo que tenemos aquí y ahora no es más que chantaje y soborno. Te comportas como en la época de la Edad Media, Lucio. Han pasado los tiempos del ojo por ojo.

–No estaré contento hasta que sienta que has pagado por lo que hiciste.

–¡Ya he pagado! ¡Y más de lo que tú crees! –exclamó con la manos empuñadas en los costados–. De acuerdo, entonces. Haz lo que tengas que hacer y acabemos con esto de una vez por todas. ¿Qué esperas? –preguntó al tiempo que se quitaba los zapatos y se llevaba las manos a los botones de la blusa–. ¿No es esto lo que quieres, Lucio? –añadió mientras tiraba la blusa al suelo y empezaba a quitarse los pantalones hasta quedar en ropa interior. Él la miraba inmóvil, con una expresión inescrutable–. ¿Qué pasa, Lucio? ¿Es que mi ordinaria ropa interior no es de tu gusto? No me digas que tu hermano es más ardiente que... –lo provocó con temeridad.

Él se abalanzó sobre ella con tanta celeridad que la dejó con la palabra en la boca. La fuerza del impacto contra su cuerpo la hizo retroceder hasta quedar apoyada en la pared mientras Lucio se apoderaba de su boca. Fue un beso de odio.

Él quería vengarse y parte de ella aceptaba su destino con resignación, pero otra parte todavía deseaba que las cosas fueran diferentes entre ellos.

La lengua de Lucio se abrió paso a través de la barrera de los labios apretados hasta que la última resistencia de Anna terminó por desaparecer. El deseo se apoderó de la joven. Sus pechos y los pezones doloridos de ansia respondieron plenamente a las reiteradas caricias de Lucio.

De pronto notó que el sujetador caía de su cuerpo al tiempo que las manos de él acariciaban la piel y una pierna se abría paso entre los muslos despertando una violenta urgencia en ella.

Lucio se inclinó hacia su cintura y las braguitas se deslizaron por sus tobillos en tanto que él se preparaba para penetrarla. Casi de inmediato lo sintió en su interior. Lucio jadeaba sobre su boca mientras se internaba en lo más hondo de su intimidad.

–Es a mí a quien deseas –gruñó–. Y me tendrás una y otra vez hasta que quede saciado de ti.

Anna jadeó mientras sentía la fuerza de sus movimientos, arrasada por una mezcla de placer y dolor.

La joven se encogió de repente y él suavizó su ritmo mientras la escrutaba.

–¿Qué sucede, Anna? ¿No puedo compararme con Carlo?

–No...

–¿Qué es entonces? ¿Piensas en él? –preguntó mientras reanudaba sus empujes.

–No... –murmuró con los dedos clavados en sus hombros.

–No puedo soportar que pienses en él. Estoy dentro de ti. Quiero llenarte de mí, de modo que no quede espacio para otro –jadeó. Ella quiso decirle que nunca había habido espacio para nadie más, pero ¿cómo podía estar segura de que era cierto?–. Quiero que grites mi nombre.

Ella se mordió el labio para evitar hacerlo. Su orgullo se negaba a permitirle la satisfacción de saber el efecto que causaba en sus sentidos.

–No luches contra mí. Déjate ir –susurró con la boca contra la suave piel del cuello.

–No. Te odio.

–Pero a la vez me deseas –dijo a la vez que acariciaba la húmeda y sedosa intimidad de la joven.

–No quiero. ¡Oh...! ¡Oh! –jadeó en un espasmo de placer.

–Sí, *cara* –murmuró al tiempo que ceñía el cuerpo tembloroso de la joven–. Sí que quieres.

Anna no pudo evitar las intensas olas de placer que la dejaban absolutamente inerme entre los brazos de Lucio, que junto con ella ya alcanzaba el clímax y que de pronto se abandonó con un gruñido de placer.

Luego se separó bruscamente dejándola indefensa, avergonzada y vulnerable.

Anna recogió sus braguitas con la mayor dignidad posible y buscó el sujetador en el suelo, sin dejar de notar cómo Lucio se arreglaba la ropa con toda calma y naturalidad.

Más tarde se preparó una copa.

–Confío en que Rosa os haya enseñado vuestras habitaciones.

Ella lo miró un instante sin hablar.

–Sí –murmuró finalmente.

–Bien. A tu salud –dijo al tiempo que alzaba la copa–. Por nuestra unión. Y que haya muchos días y noches de placer para nosotros.

–Has cambiado, Lucio.

Los ojos del hombre brillaron peligrosamente mientras se llevaba la copa a los labios y bebía un largo trago.

–Si he cambiado ha sido por tu culpa –replicó con amargura al tiempo que dejaba el vaso en el aparador.

–Lo siento. Nunca quise herirte.

–¿No?

–Desde luego que no. Ni siquiera recuerdo lo que sucedió esa noche.

–No tienes que recordarlo. Carlo tuvo la precaución de documentar lo que hiciste.

Ella tragó saliva.

–¿Te has preguntado alguna vez por qué lo hizo?

Él consideró la pregunta un instante.

–De vez en cuando me lo he preguntado, pero siempre llego a la misma respuesta, la que Carlo me dio. Nunca habría creído algo así de ti si no me hubiera mostrado esas malditas fotografías. Tu sonrisa satisfecha me ha torturado durante largos años. ¿Sabes cuán duro es para mí mirar a mi hermano sin dejar de pensar cómo lo llevaste por mal camino? He hecho todo lo posible para reparar el daño que causaste a nuestra relación fraternal, pero todavía quedan cicatrices.

Anna se puso los pantalones y la blusa precipitadamente.

–No sé qué decir.

–No digas nada –espetó. Anna bajó la cabeza para evitar ver el veneno que exudaba su mirada–. Eres una...

–¡No!

–No eres más que una mujer provocativa bajo la apariencia de un ángel. Y yo caí en tus redes igual que mi hermano, pero ahora la relación se va a llevar según mis propias condiciones.

–Lucio... Por favor, yo...

–¡Y ahora vete! –bramó, al tiempo que golpeaba el aparador con el puño–. ¡Fuera de mi vista!

–Pero yo...

–Creo haberte dicho que desaparecieras de mi vista.

–Sé lo que has dicho, pero me niego a que me insultes.

Lucio miró con ira su rostro desafiante.

–Si quiero insultarte, lo haré. ¡Qué mayor insulto que el tuyo...!

–¡No recuerdo haberlo hecho! –exclamó llorando–. ¡No recuerdo nada! Tú no me crees, ¿verdad?

Con un resoplido burlón, Lucio se aproximó a un pequeño escritorio y sacó un sobre.

–Probablemente has olvidado lo que pasó esa noche porque te convenía: pero tal vez esto te lo recordará –dijo con un tono que helaba la sangre al tiempo que le tendía el sobre.

Anna lo abrió con mano temblorosa y sacó la primera fotografía.

–Tengo mi orgullo, Anna. Me vengaré por muy vulnerable que te sientas. Y no voy a parar hasta conseguirlo.

Anna no podía ponerlo en duda. El único problema era si tendría fuerzas suficientes para soportarlo.

Capítulo 5

ANNA sintió que el color desaparecía de su cara cuando sus ojos se posaron en la primera fotografía. El sabor amargo de la náusea le inundó la garganta al verse en una pose tan comprometida.

–Y ahora dime que no recuerdas –dijo Lucio, mordiente.

Era como mirar a una persona idéntica a ella, pero que no era ella. No recordaba en absoluto haber estado allí con esa sonrisa en la cara y con las manos extendidas hacia alguien fuera de su alcance.

Miró la segunda fotografía, con el mismo resultado.

–Me sorprende que las hayas guardado –comentó al tiempo que se las devolvía sin molestarse en mirar el resto–. Me parece que bordeas el masoquismo, si me permites decirlo.

–Las guardo para recordarme a mí mismo lo tonto que fui al confiar en ti.

–¿Con qué frecuencia las miras?

Lucio desvió la mirada. Tras guardar el sobre en el cajón del escritorio, lo cerró y se guardó la llave en el bolsillo.

–Las miro cada vez que siento la tentación de bajar la guardia ante una mujer hermosa.

–¿Por eso no te has casado?

–No deseo quedar atrapado en una relación de ese tipo.

–¿Y no quieres tener hijos?

Él volvió a apartar la mirada.

–Los niños son un estorbo. No quiero esas ataduras en mi vida –declaró desviando la mirada. Anna apenas pudo creer lo que oía. ¿Dónde estaba el hombre cariñoso que solía expresar el anhelo de formar una familia?–. Y en lo que respecta a nosotros presumo que estás usando algún anticonceptivo fiable, ¿verdad?

Anna sintió que se sonrojaba.

–Desde luego –dijo. No mentía del todo porque tenía una cajita de píldoras que utilizaba para controlar el período menstrual, aunque no las tomaba con regularidad.

Lucio se volvió a mirarla con una expresión indescifrable en sus ojos oscuros al ver su aspecto dejado, las sombras bajo los ojos y la boca hinchada. Observó hipnotizado cómo ella intentaba ocultar una pequeña herida en el labio inferior que se tocaba con la lengua.

Lucio dio un paso hacia ella y se sobresaltó al ver que esquivaba la cara cuando alzó una mano para tocarle la mejilla.

–*Cara* –murmuró con suavidad en tanto palpaba la pequeña herida–. ¿Esto lo he hecho yo?

–He sufrido daños peores.

–Anna, nunca te haría daño intencionadamente. Ni a ti ni a ninguna mujer.

–¿Entonces por qué estoy aquí?

–¿Te duele mucho estar conmigo?

–Sabes que sí.

–¿Por qué?

Ella no fue capaz de responder. Tras pasar junto a él precipitadamente, abrió la puerta y luego la cerró con inusitada violencia tras de sí.

Lucio se quedó mirando la puerta cerrada. Se volvió a la chimenea y repentinamente arrojó la copa medio llena con una violencia impropia de él.

–*Merda! Merda!* –exclamó.

Cuando Anna despertó a las ocho de la mañana tras el sueño de los emocionalmente exhaustos, descubrió a Sammy a los pies de la cama.

–¿Ya estas despierta, mami? –preguntó al tiempo que se subía a la cama.

–¿Por qué no me despertaste? –preguntó al tiempo que le hacía espacio junto a ella.

–Papi me dijo que no lo hiciera. Dijo que estabas muy cansada y que necesitabas dormir.

Anna pensó con cierta diversión en un Lucio preocupado por ella, pero lo apartó de su mente, decidida a no pensar en él más que bajo un prisma negativo.

–Bueno, ahora estoy despierta. ¿Dónde está tía Jenny? –preguntó acariciándole el pelo.

–Está ayudando a Rosa a preparar el desayuno. ¿Te vas a levantar ahora? ¿Qué tienes aquí? –preguntó señalando la pequeña herida en el labio.

–Me mordí.

–Mami tonta –dijo sonriendo al tipo que le daba golpecitos en la mano.

Hubo un ruido en la puerta y Anna alzó los ojos

para descubrir los rasgos inescrutables de Lucio con la atención puesta en ella.

Sammy se acercó corriendo.

–Yo no la desperté, papá.

–Buen chico –dijo al tiempo que alborotaba los rizos oscuros del niño–. ¿Por qué no vas a decirle a Rosa que bajaremos en unos minutos?

Sammy desapareció con su camión nuevo bajo el brazo.

Anna se puso la bata con manos temblorosas.

–Anna...

–¿Dormiste bien, Lucio?

Él apartó la vista.

–Quiero que me perdones por mi conducta de anoche. Estaba desquiciado.

–No me digas. Intentaste humillarme. ¿Estás contento ahora?

Lucio apretó la mandíbula ante la fiera mirada de la joven.

–Anoche estaba muy enfadado.

–Sabes que eso no es una excusa. Pero no quiero oír tus disculpas. Quiero afrontar estos días con Sammy sin tener que pensar constantemente en tus planes de venganza.

–Te aseguro que no volveré a hacerte daño. Te doy mi palabra –declaró con su orgullo aristocrático.

–¿Y crees que tu palabra es una garantía? No confío en nada que venga de los Ventressi y menos en sus promesas que no se cumplen.

–¿Qué quieres decir con eso? –preguntó, con los ojos ligeramente entornados.

–¿Quieres saberlo? –preguntó, casi sin aliento–.

De acuerdo. Allá va. Hace cuatro años me pediste que me casara contigo. Dijiste que me amabas, pero en cuanto ese amor se puso a prueba renegaste de mí. ¿Qué clase de amor era ése? No tuviste el valor de enfrentarte a lo ocurrido; en cambio me abandonaste sin intentar siquiera averiguar las otras posibilidades.

–¿Qué posibilidades?

Ella le lanzó una mirada exasperada.

–¿Ves que todavía no lo comprendes? Sólo te atienes a mi parte de la culpa y te niegas obstinadamente a verme como una posible víctima.

–¿Una víctima? ¿Qué clase de víctima se retuerce desnuda en una cama mientras alguien le hace fotografías?

–Tal vez estaba... borracha.

–¿Borracha? –preguntó con una mirada iracunda–. ¿He de pensar que eso justifica tu conducta?

–No, desde luego que no. Pero es posible que sin darme cuenta bebiera demasiado y...

–Sé lo que intentas hacer, pero no te resultará conmigo, Anna. Si tú apareces como la víctima es indudable que Carlo es el villano. ¿Piensas en serio que te creería más que a mi hermano, que recuerda claramente lo ocurrido mientras que tú no puedes hacerlo, al parecer?

Era inútil seguir discutiendo. Siempre sería su palabra contra la del hermano.

–Sabía que no me ibas a creer.

–¿Crees que durante estos cuatro años no he intentado buscar respuesta a una pregunta que nunca debió haberse planteado? Te amaba con todo mi corazón, Anna. Tú destruiste ese amor. Y ahora no tengo nada que ofrecerte sino amargura –declaró. El corazón de Anna se encogió dolorosamente al ver que le daba la espalda con desprecio. La vergüenza se apoderó de ella barriendo todo el respeto hacia sí misma y los restos del orgullo al que se había aferrado durante esos años–. Me voy a trabajar. Los detalles de la cita del niño están abajo. Hasta pronto –dijo desde la puerta, sin mirarla siquiera.

Esa misma mañana Sammy tenía hora en el hospital donde lo iban a operar.

Anna mantuvo la mano del pequeño en la suya mientras la enfermera le explicaba lo que iba a suceder la próxima semana.

–Entonces esta máquina te hará dormir –explicó al tiempo que indicaba el equipo de anestesia–. Cuando estés dormido el cirujano te hará un pequeño corte en la pierna para colocar una cámara muy chiquitita que irá a ocupar el agujerito que tienes en el corazón. Es como poner una pieza en el rompecabezas, ¿comprendes?

La enfermera explicaba las cosas en términos tan sencillos que consiguió logró calmar el temor de Sammy, pero no el de Anna. Mientras más oía, más pánico sentía. ¿Qué pasaría si se le administraba demasiada anestesia? ¿Y si sangraba incontroladamente? Era tan pequeño, tan vulnerable...

–No se aflija, señorita Stockton –sonrió la enfermera–. Todos los años, literalmente practicamos miles de operaciones semejantes. Sammy se encuentra en las mejores manos.

Anna le devolvió una débil sonrisa con la esperanza de que estuviera en lo cierto.

Cuando volvieron a casa, el calor los llevó a la piscina situada en medio del jardín.

Sammy se puso fuera de sí al ver el agua azul rodeada de verdes helechos.

Dentro de la piscina, Anna lo mantuvo a su lado por temor a que hiciera un esfuerzo excesivo, contenta de verlo pataleando en el agua con una sonrisa feliz. El placer del niño calmaba sus nervios sobreexcitados.

Jenny nadaba con cautela, siempre con la cabeza fuera del agua. Anna le sonrió al tiempo que pensaba que su hermana se estaba convirtiendo en una preciosa mujercita, bastante más segura de sí misma.

Pensó que tal vez valía la pena el precio que estaba pagando al ver tan felices a sus seres queridos.

–¿Hay un lugar para mí?

Anna se sobresaltó al oír la voz de Lucio a sus espaldas. Al volver la cabeza pudo admirar su cuerpo en bañador, esbelto y bronceado, y su imaginación se disparó al instante.

Y contuvo la respiración al verlo entrar en el agua.

–¡Papá, mira lo que puedo hacer!

–Vamos, Sammy –dijo Lucio al tiempo que le tendía las manos–. Ven nadando hacia mí.

–No sabe nadar, Lucio, apenas tiene tres años.

–Ya es tiempo de que aprenda.

Sammy se lanzó a los brazos de Lucio chapoteando con brazos y piernas.

–Me encanta nadar –afirmó cuando Lucio lo tomó en sus brazos.

–¡Bien hecho! Vas a ser un campeón –comentó. Cuando el niño se alejó de ellos, se volvió hacia Anna–. Eres demasiado protectora. Es un niño y necesita descubrir el mundo.

–Un niño con un problema cardíaco –dijo sombríamente.

–He hablado con los médicos y han garantizado su completa mejoría. Te preocupas demasiado, Anna.

–No me pidas que no me preocupe. Soy su madre.

–Lo vas a mantener demasiado atado a ti, como lo has hecho con tu hermana. Jenny ya tiene diecinueve años. Debería salir con chicos, ir a fiestas...

–¡Por amor de Dios, es sorda!

–Es sorda pero no incapacitada –comentó con calma–. Puede cuidar de sí misma.

–Es vulnerable.

–Jenny es una joven fuerte y valerosa. Puede desenvolverse en cualquier medio y circunstancia. ¿Por qué no sugerirle que se busque un trabajo a tiempo parcial durante el verano?

–Necesito que me ayude con Sammy. El cuidado de un niño es muy caro. Sin su ayuda no puedo trabajar por las noches y los fines de semana.

–No vas a trabajar durante tres meses.

–Lo que hago para ti es un trabajo en la industria del sexo –comentó con tirantez.

–Estoy un poco cansado de tu tendencia a golpear cuando te sientes acorralada.

–¿Cómo no hacerlo? Vuelves a mi vida como juez y jurado, diciéndome lo mala que soy, criticándome como madre y como hermana. Siento mucho no ser perfecta como tú, sólo soy un ser humano –dijo con los ojos llenos de lágrimas.

–¿Mami? –Sammy se acercó a ellos–. ¿Estás triste?

Jenny, que iba tras el pequeño, lo tomó de la mano.

–Ven conmigo, Sammy. Papá y mamá necesitan estar solos un rato.

Cuando hubieron entrado en la casa, Lucio se volvió hacia Anna.

–Jenny tiene razón. Necesitamos un tiempo de soledad.

–No quiero estar a solas contigo. No puedo soportar la compañía de alguien tan despiadadamente indiferente a las necesidades de otra persona.

–Estoy muy al tanto de tus necesidades, Anna. De hecho, estoy íntimamente comprometido con todas y cada una de ellas –dijo con una mirada intencionada a la vez que sus ojos se posaban en los pechos bajo el gastado corpiño del bañador.

–Tengo... frío –Anna se volvió con la intención de salir de la piscina.

–Hay una temperatura de treinta grados a la sombra. No huyas de mí –dijo al tiempo que la atraía hacia sí.

Lucio la hizo retroceder en el agua hasta que la espalda quedó apoyada en los azulejos y la besó con fruición.

–Me gusta tanto tu sabor... Nunca lo he olvidado –murmuró sobre la boca de ella.

Anna cerró los ojos mientras la lengua de Lucio jugueteaba dentro de su boca hasta que los sentidos de la joven despertaron con acuciante urgencia. Luego sintió que las manos masculinas le bajaban los tirantes del bañador y los pechos quedaron al descubierto. Lucio inclinó la cabeza y acarició los excitados pezones con la boca.

–¿Sabes, *cara?* Tal vez no es una buena idea. Estamos a la altura de las ventanas de este lado de la casa –murmuró Lucio con la voz enronquecida de deseo. Luego la sacó de la piscina sin el menor esfuerzo–. Vamos a concluir este negocio en privado.

Era imposible no seguirlo. En sus ojos había una promesa que ella no podía ignorar. Ningún razonamiento era capaz de borrar la atracción magnética del cuerpo masculino mientras la conducía escaleras arriba hasta el dormitorio principal. Anna sentía que se encontraba bajo sus órdenes, y su cuerpo se preparaba para la invasión aunque su mente le recordara todo lo que había sucedido entre ellos.

Pero el orgullo no tenía cabida ante la pasión.

Tras cerrar la puerta, Lucio le quitó el bañador con los ojos llameantes de pasión.

–Dime que lo deseas, Anna. Dime que quieres sentirme dentro de ti –susurró al tiempo que le acariciaba los pechos.

¿Cómo podía negarlo si su propio cuerpo hablaba por ella?

–Yo te... Yo te...

–Dilo o no seguiré adelante –la urgió.

–Yo te deseo. Te deseo...

Lucio la acostó en la cama mientras ella se aferraba a él con ávidos dedos y luego recorría con sus manos el cuerpo esbelto de su amante.

–Así que mi pequeña seductora no ha olvidado lo

que le enseñé –gruñó al tiempo que la acariciaba entre las piernas y luego penetraba en su cuerpo–. Estás tan dispuesta para mí... Tan húmeda y cálida...

–No juegas limpio, Lucio.

–¿No? –pregunto sonriendo sobre su boca–. Pero acabarás perdonándome. Esto lo deseas demasiado.

Sí que lo deseaba. Pero quería más. Quería que la perdonara, que la amara a pesar de la falta cometida.

–Por favor... –murmuró jadeando.

Anna se aproximaba al clímax y Lucio la siguió hasta que en un último esfuerzo ambos llegaron a la cumbre y cayeron rendidos.

Después, Lucio se apartó de ella, con una mano sobre los ojos, todavía jadeante.

Anna se deslizó al borde del lecho, súbitamente avergonzada por haber reaccionado de esa forma tan apasionada, aferrada a él, casi implorando, como una indigna fulana sin principios.

–¿Adónde vas? –Lucio la atrapó antes de que pudiera salir de la cama.

Ella se zafó de los dedos que aferraban su muñeca con una mirada glacial.

–Necesito ir al baño. ¿Estás de acuerdo?

Lucio la soltó y luego se recostó contra las almohadas mientras la seguía con la mirada.

–Nada de caras largas, Anna. No olvides lo que te juegas.

Ella se volvió hacia él con los ojos llameantes de odio.

–Clava el cuchillo todo lo que quieras. No te temo.

Él sonrió con una expresión odiosa al tiempo que cruzaba los brazos detrás de la nuca con un aire de tanta superioridad masculina que ella quiso golpearlo.

–Es bueno que tengas miedo, Anna.

La joven cerró de un portazo, pero incluso bajo el ruido de la ducha creyó oír su risa burlona.

Capítulo 6

ANNA apenas durmió la noche anterior a la intervención de Sammy. Cuando se levantó tenía ojeras bajo los ojos y la piel amarillenta.

Sammy no debía desayunar y Anna tomó un poco de té porque el estómago no le permitió nada más.

–Deja de preocuparte, Anna –la reprendió Lucio mientras le abría la puerta del coche–. Sammy va a salir victorioso como campeón que es.

Anna se mordió el labio.

–No puedo evitarlo. Es tan pequeño para una operación tan grande...

–Es relativamente sencilla comparada con lo que era unos cuantos años atrás. La intervención se hacía a corazón abierto y el paciente tardaba meses en recuperarse. Sammy estará de vuelta antes de que te des cuenta.

Ella deseó tener la misma confianza que Lucio.

Sammy parloteó todo el camino al hospital, sintiéndose muy importante por la atención que recibía.

–¿Estarás ahí cuando despierte, mami? –preguntó el pequeño desde el asiento trasero.

–Desde luego que sí, cariño.

–Yo también estaré contigo –le aseguró Lucio.

Ella lo miró fríamente.

–No es tu hijo, Lucio. El hecho de preocuparte por él no lo convierte en tu hijo.

–Si me lo arrojas a la cara una vez más no responderé de las consecuencias, Anna –murmuró con la manos apretadas en el volante.

–¿Estáis peleando? –preguntó Sammy, con ansia.

–No, corazón –dijo Lucio con una pequeña sonrisa–. Mamá y papá se quieren mucho, pero a veces tenemos pequeños problemas.

Anna volvió la cabeza hacia la ventanilla.

–Ahora está dormido –dijo el anestesista al tiempo que ajustaba la mascarilla en la cara de Sammy–. ¿Por qué no va con su marido a tomar un café a la sala? Nosotros pasaremos a verlos cuando hayamos acabado.

Anna quiso decirle que no era su marido, pero las palabras no llegaron a salir de su garganta.

–Vamos, cariño –dijo Lucio al tiempo que la llevaba del brazo fuera del quirófano–. Estará bien, Anna –aseguró mientras se quitaban el equipo esterilizado.

–No dejo de pensar que de alguna manera esto sucede por mi culpa. Creo que es un castigo por... por... –comentó abatida mientras se quitaba la gorra.

–Eso es ridículo.

–Pero tú me castigas haciéndome pagar mis pecados, según dijiste.

Lucio se sintió incómodo ante su desafiante escrutinio.

–Estaba enfadado. Y en ese estado la gente dice todo tipo de cosas.

Anna se sentó en una silla y se cubrió la cara con las manos.

–Ojalá pudiera retroceder el reloj. Si Sammy muere nunca me lo perdonaré.

–Déjalo ya, Anna. El niño no va a morir.

–¿Y cómo hacerlo? No puedo seguir adelante porque no recuerdo qué sucedió esa noche.

–No quiero hablar de ese tema ahora. Llegará un día en que no tendrá importancia.

«Sí, cuando vuelvas a Italia a tomar las riendas de tu propia vida, dejándome con el corazón destrozado y toda una vida de soledad», pensó abatida mientras se mordía una uña.

–No –Lucio le quitó la mano de la boca y luego la inspeccionó. Anna sintió el calor de sus largos dedos en la mano helada–. Tenías una uñas muy bonitas.

–Sí, entonces era una joven adorable, eso era lo que solías decir.

Lucio frunció el ceño ante la amargura de su tono y le soltó la mano.

–Sellamos nuestro destino con las elecciones que hacemos, Anna. Y no podemos escapar a ese hecho.

–Todo ha salido muy bien –dijo el cirujano mientras se quitaba la gorra y les sonreía abiertamente–. Ahora pueden verlo en la sala de Recuperación, aunque dormirá un buen tiempo.

–¿Se va a poner bien? –preguntó Anna al tiempo que se levantaba de la silla.

–Desde luego que sí –le aseguró el médico–. Me alegro de que hayan decidido operarlo cuanto antes. En estos casos no es conveniente esperar demasiado.

Más tarde, Anna se quedó contemplando a su hijo, que dormía profundamente entre tubos y esparadrapos puestos en su cuerpecito. Al verlo se le encogió el corazón. Le debía tanto a Lucio... Había salvado la vida de su hijo tanto como el cirujano que lo había operado.

Lucio la dejó junto a Sammy y fue a hablar con las enfermeras. Regresó poco después con un vaso de zumo.

–Pensé que podrías tener sed.

Ella lo aceptó con una mirada de gratitud.

–Debes de haberme leído el pensamiento.

–¿Cómo está el niño?

–Duerme todavía. Tardará horas en despertar.

–Deberíamos marcharnos y volver por la mañana.

–¡No puedo dejarlo solo!

–Anna... estás exhausta.

–No quiero dejarlo solo –repitió.

Lucio se dirigió a la puerta de la habitación.

–Como quieras, pero creo que lo vas a lamentar.

–Hay otras cosas que lamento mucho más.

Lucio la miró un largo instante.

–Sé exactamente lo que quieres decir.

Sammy dormía plácidamente sin saber que su madre velaba junto a su lecho en completa soledad.

Anna contempló a su hijo hasta que los ojos se le

empezaron a cerrar. El cauce de sus pensamientos se detuvo en una noche, cuatro años atrás.

–Vamos, Anna –dijo Carlo en un tono muy halagador–. Seguro que no te negarás a tomar un trago con tu futuro cuñado, ¿verdad?

–Realmente no creo...

–¿De qué tienes miedo? –preguntó con una sonrisa de lobo al tiempo que le tendía una copa de champaña muy fría–. No te voy a comer.

–Desde luego que...

–No te soy simpático, ¿verdad, dulce Anna?

–Eres el hermano de Lucio –murmuró bajando los ojos para evitar su mirada de halcón–. Debo ir a ver a Jenny.

Carlo le tomó el brazo.

–¿Por qué tanta prisa? ¿No quieres quedarte a charlar con tu nuevo hermano?

–Yo... –murmuró Anna, y al ver que no podía zafarse de aquella mano empezó a sentirse incómoda.

–Tu hermana es muy bonita –comentó al tiempo que le daba golpecitos en el pulso de la muñeca.

Anna no se preocupó por su tono predatorio. Había visto que solía mirar a su hermana con los ojos entornados cuando creía que nadie lo observaba. Jenny tenía sólo quince años. Con una infancia y adolescencia muy protegidas a causa de su sordera, era un blanco muy vulnerable para las tretas de personas como Carlo. En ese momento decidió asegurarse de que no tuviera la oportunidad de intimidar a Jenny, aunque ella tuviera que soportar su compañía.

–Creo que voy a tomar esa copa, después de todo –dijo con algo parecido a una sonrisa alentadora.

Carlo se la tendió con los ojos brillantes.

–Sabía que no te ibas a negar. A Lucio le gustaría que te entretuviera durante su ausencia. Verás, es una cuestión de honor familiar. Soy el cabeza de familia cuando Lucio está de viaje. ¿Cómo lo llamáis en Australia? ¿El jefe?

–Algo como eso –dijo Anna con los dientes apretados ante su arrogancia patriarcal. Luego se llevó la copa a los labios.

–Eres una joven muy afortunada, Anna –comentó cuando ella hubo bebido un par de tragos–. Te casas con una de las dinastías más aristocráticas de Italia. Los Ventressi son conocidos en el mundo entero por su perspicacia en los negocios. Como esposa de Lucio tendrás todo lo que desees.

–No me caso con él por su dinero.

Carlo alzó una ceja con cinismo.

–Te va a ser difícil convencer a la gente. Todas las mujeres desean seguridad. A través de la historia las mujeres como tú han elegido a su marido sólo por esas razones. Es parte de la evolución. La supervivencia del más rico.

–Del más fuerte –lo corrigió.

–Ah, sí, del más fuerte. Es cierto. Uno tiene que estar en forma para entretener a una esposa joven y apasionada –comentó. Anna bebió otro trago de champaña para ocultar su incomodidad–. Te he oído, ¿sabes?

–¿Qué? –exclamó al tiempo que aferraba el tallo de la copa.

Los ojos del hombre se posaron en sus pechos.

–Es una suerte que Jenny no pueda oír la apasionada respuesta de la hermana mayor a las atenciones de su novio. Se sentiría conmocionada –comentó. La vergüenza impidió a Anna responder adecuadamente–. Pero a mí no me afecta. Me alegro por mi hermano. Estoy celoso, aunque tal vez la pequeña Jenny sea como su hermana mayor, ¿no?

–¡No! –Anna dejó el vaso de golpe.

–Vamos, Anna, no seas tan dura con tu nuevo hermano. ¿No me encuentras atractivo? La gente dice que Lucio y yo nos parecemos. ¿No te interesa saber si nos parecemos en... cómo lo diría, en otros aspectos más íntimos?

Anna sintió una súbita debilidad en las extremidades y algo extraño en la cabeza.

–No creo que sea bueno... –dijo al tiempo que se aferraba al borde del sofá para evitar inclinarse hacia él.

–¿Qué sucede, pequeña? –preguntó, preocupado.

–Nada –Anna respiró a fondo para calmarse–. Me siento débil, eso es todo.

–Esta charla sobre el amor te está perturbando. Echas de menos a tu amante, ¿no?

Ella parpadeó para aclarar su visión borrosa y concentrarse en los rasgos de Carlo que oscilaban ante ella.

–Sí... sí, lo echo de menos.

–No te preocupes, *cara mia*. Yo te cuidaré mientras él esté fuera. ¿Necesitas tenderte?

–No...

–¿Te apetece un poco más de champaña?

Ella negó con la cabeza, pero al punto se vio con otra copa en las manos, que aceptó para no ofenderlo.

–Necesitas relajarte, Anna. Estás con tu familia, no tienes nada que temer.

Ella sintió que el cuello y los hombros se le aflojaban mientras bebía otro sorbo del delicioso champán.

–¿Tienes novia, Carlo? –preguntó para romper el silencio.

Los ojos del hombre buscaron su mirada a través de la corta distancia que los separaba.

–Tengo muchas novias. Soy un playboy –dijo entre risas.

–Sí, decididamente un playboy, y de la peor clase –convino también entre risas.

–Ahora sí que me has ofendido –dijo él, con una mirada apesadumbrada.

Ella volvió a reír.

–Creo que es imposible ofender a alguien como tú. Tienes mucho mundo –replicó antes de beber otro sorbo.

–¿Y eso es malo? –preguntó al tiempo que le llenaba la copa.

–Decididamente eres un cínico. Piensas que me caso con tu hermano por interés. Y eso es cinismo.

–Quizá tengas razón. He tenido malas experiencias sentimentales.

–¿Has estado enamorado alguna vez?

–Los varones Ventressi se enamoran una sola vez; es legendario en la familia. Aman completa y profundamente pero nunca perdonan cuando su amor se ve contrariado. La verdad es que nunca he estado enamorado, pero estoy...

–¿Buscando? –Anna lo ayudó.

–Sí, ésa es la palabra. Estoy aprendiendo mucho inglés contigo.

–Eres muy buen alumno –dijo al tiempo que se llevaba la copa a los labios–. Por mi nuevo cuñado, el playboy de los varones Ventressi.

Él chocó su copa contra la de ella.

–Por el amor familiar, Anna.

Juntos bebieron otra botella de champán y aunque Anna notó que cada vez se sentía más achispada, empezó a relajarse lo suficiente como para disfrutar de las réplicas graciosas del hermano menor de Lucio.

Cuando abandonó su arrogancia, ella vislumbró el interior de un hombre agradable, pero inseguro de sí mismo. Un hombre que vivía constantemente a la sombra del exitoso hermano mayor.

–Y ahora tienes una familia –dijo en un momento dado en tanto volvía a llenarle la copa–. Pronto te convertirás en una Ventressi y formarás parte de una de las familias más nobles de Italia.

–Espero estar a la altura de las expectativas –declaró ella al tiempo que alcanzaba su copa.

–Creo que sí –Carlo alzó la suya a modo de brindis–. Con toda seguridad estarás a la altura de las expectativas de todos nosotros.

Anna pudo recordar muy poco más de aquella noche.

Al despertar a la mañana siguiente se descubrió en la cama de Carlo. La luz que venía de la ventana no brillaba tanto como la mirada de Lucio cuando abrió la puerta y se quedó mirándola con absoluta incredulidad.

–¿Anna?

–¡Lucio! –exclamó al tiempo que intentaba sentarse, pero súbitamente descubrió que estaba completamente desnuda.

Los ojos de Lucio recorrieron su cuerpo con una mirada implacable.

–¿Qué haces en la cama de Carlo?

Ella lo miró sin comprender mientras pensaba cómo había llegado a la cama del hermano menor.

–Lucio, yo...

–Carlo tenía razón en cuanto a ti. Eres una pequeña sinvergüenza cazafortunas. No eres nada más que basura.

–¡No! –Anna aferró la sábana para cubrir su desnudez.

–Apenas vuelvo la espalda seduces a mi hermano en mi ausencia.

–¡No! –Anna saltó de la cama al tiempo que se cubría con la sábana–. Lucio, yo ...

–No intentes justificarte. Carlo me contó cómo lo provocaste. Estaba inconsolable por lo que lo llevaste a hacer y lo avergüenza haber bajado la guardia.

–¿Y tú lo crees? –preguntó con la voz ahogada.

–¿Por qué no? Es mi hermano.

–No recuerdo lo que ocurrió anoche, Lucio. Pero sé que no dormí con tu hermano.

–¡No me mientas! –rugió–. Carlo está traumatizado. No quiero continuar esta discusión.

–Lucio, puedo explicar...

–¿Piensas que quiero oír tus explicaciones? Maldita sea, Anna. ¿Cómo pudiste hacerme esto?

–Lucio –rogó al tiempo que le tendía la mano.

Él la apartó con un gesto furioso.

–No quiero volver a verte. Hemos terminado. ¿Me oyes? Te marcharás esta misma mañana. Los sirvientes están haciendo tu equipaje.

Ella lo miró, consternada. Lucio se había transformado en un extraño.

–Yo no dormí con...

–Sal de mi vista antes de que pierda el control y te eche a la fuerza.

–¡Te quiero, Lucio!

La mirada del hombre la despojó de toda dignidad.

–No vales nada. Vete de mi casa con tu hermana antes de que llame a las autoridades. Has manchado el nombre de los Ventressi y no te lo perdonaré en la vida.

Lucio giró sobre sus talones y se dirigió a la puerta.

–No dormí con Carlo...

Pero él se había marchado de la habitación del hermano.

Anna despertó de su sueño para descubrir que Lucio estaba junto a Sammy con la mano del pequeño en la suya.

–¿Cuánto tiempo llevas aquí? –preguntó, parpadeando.

Lucio le dirigió una mirada indescifrable.

–Lo suficiente para oír el nombre de mi hermano en tus labios. No me cabe duda de que te sientes culpable por no haberle comunicado la existencia de Sammy.

–Me sorprende que tú no se lo hayas dicho.

–Te repito que Carlo está felizmente casado y espera un hijo para dentro de unas semanas. No quiero poner en peligro su matrimonio.

–¿Le has contado que estás viviendo conmigo?

–Le he dicho que tenemos una aventura. Quedó un poco sorprendido, eso es todo. Todavía se siente culpable.

–No me digas que tu hermano se siente más culpable que yo. Tengo un hijo concebido fuera del matrimonio, que no tiene una relación normal con su padre a causa de un estúpido error.

–Carlo no debe saber de la existencia de Sammy. Su esposa no lo comprendería y causaría indecibles problemas en la familia.

–¿He dicho alguna vez que quería que él lo supiera? No he pedido nada a los Ventressi y jamás aceptaría ayuda de ninguno de vosotros.

–Voy a adoptar a Sammy.

–¿Qué?

–Me voy a casar contigo y adoptaré a Sammy.

Consternada, Anna se levantó de un salto.

–¿Irías tan lejos para proteger a tu hermano de la verdad?

–Haré cualquier cosa para proteger a mi familia. Nos casaremos tan pronto como Sammy salga del hospital. Diré que es mío y nadie lo pondrá en duda.

–Nadie, excepto yo. ¡No puedo casarme contigo! No se me ocurre nada peor.

Lucio le dirigió una mirada arrogante.

–Haré uso de todos los medios legales para asegurarme que responderás por lo que has hecho.

Anna tragó el temor que le invadía la garganta.

–¿Llegarías tan lejos para alcanzar tu objetivo? ¿Incluso hasta el punto de casarte conmigo?

Él le dirigió una mirada glacial.

–Haré todo lo que esté en mi mano para tenerte en mi cama permanentemente. Serás mía, Anna. Te controlaré y te haré el amor cuando me apetezca. serás mía en cuerpo y alma. En nombre de la justicia.

–Eso no es justicia, es un ultraje. No puedo creer que hayas cambiado tanto. Antes eras tan... tan...

–Antes era un tonto. Ahora soy más sabio. Sé exactamente cómo tratar con alguien como tú. Ahora eres mía, Anna. No lo olvides.

Capítulo 7

LA SEMANA siguiente fue una tortura para Anna. Cada día pasado junto al lecho de Sammy era bastante duro y además tenía que soportar la pesada carga de los planes de Lucio que pendían sobre su cabeza como la espada de Damocles.

Estaba sometida a su control. Él controlaba su persona, su hijo, su hermana, su modo de reaccionar ante él como si no tuviera personalidad propia.

Lucio quería hacerle pagar su indiscreción, que había herido tan gravemente su orgullo. Ésa era su idea de la justicia y ella no tendría más remedio que hacer todo lo que le ordenara.

Pero ¿casarse?

¿Cómo podría afrontar el matrimonio? Se sometería a su desdén durante toda la vida. Cada vez que Lucio la mirara volvería a recordar el modo en que lo había traicionado.

¿Y Sammy?

Sí, finalmente tendría un padre. Pero ¿a qué precio? El secreto de la paternidad del niño siempre se interpondría entre ellos como una sombra en sus vidas. Siempre tendrían que vivir con ella en beneficio de Sammy, pero nunca desaparecería por mucho que intentasen ignorarla. Había tenido un hijo del hermano menor y Lucio había dejado muy claro que nunca se lo perdonaría.

Lucio iba regularmente al hospital. Se sentaba junto a Sammy y le leía cuentos o jugaba con él para que ella pudiera descansar un rato. Cualquiera que lo hubiera visto habría dicho que era un padre cariñoso y complaciente con su hijo y con su esposa. En presencia del personal sanitario siempre se mostraba amable y solícito con ellos. Sólo que esas personas ignoraban el modo en que la había hecho volver a su vida. El modo en que había planeado ponerle un anillo en el dedo y un nudo corredizo en el cuello para atarla a él definitivamente.

Al volver del cuarto de baño el día anterior a que dieran de alta a Sammy, Anna encontró a Jenny sentada junto al niño, que dormía tranquilamente.

–Hola, Jenny –Anna la besó cariñosamente–. Te veo muy contenta. ¿Qué sucede?

–¡Tengo un trabajo! –los dedos de Jenny se movían animadamente.

Anna frunció el ceño.

–¿Qué clase de trabajo?

Lucio me ha buscado algo en su empresa. Empiezo mañana.

Anna se sentó al borde de la cama de Sammy y la miró de frente.

–¿Estás segura de que es una decisión acertada?

–¿Qué pasa? –Jenny la miró confundida–. Pensé que estarías contenta. Después de todo Lucio y tú os vais a casar, así que todo se ha resuelto. Puedo trabajar durante el verano, antes de volver a la universidad. Será una buena experiencia para mí.

–¿Lucio te dijo que nos íbamos a casar?

–Sí. Dijo que había conseguido una licencia especial para contraer matrimonio la próxima semana.

–¡La próxima semana! –Anna exclamó con voz ahogada.

Jenny la miró divertida.

–¿No estás contenta, Anna? Tú lo quieres, ¿no? Nunca has dejado de amarlo, así que ¿por qué te resistes ahora? –preguntó. Anna se mordió el labio mientras decidía si contarle toda la verdad, pero antes de poder elaborar una respuesta Jenny continuó hablando rápidamente con los dedos–. Me doy cuenta de que todavía está enfadado contigo por no haberle contado lo de Sammy, pero está dispuesto a olvidarlo en beneficio de vuestra relación. Creo que se lo debes, especialmente porque se ha hecho cargo de la operación de Sammy, ¿no te parece?

¿Qué podía decir? Sí, le debía más de lo que alguna vez podría pagar, pero eso no cambiaba lo que se interponía entre ellos. La amargura, el dolor, la traición.

–Desde luego que tienes razón –optó por decir–. Me preocupo por nada. Al final todo saldrá bien. Tiene que ser así.

–Estás exhausta –Jenny le tocó la mano–. ¿Por qué no vas a casa a dormir? Puedo quedarme con Sammy hasta mañana.

Anna le apretó la mano.

–Eres un ángel, Jenny, pero necesito quedarme aquí. Después de todo, soy su madre.

–Ahora tiene un padre. Ya no tienes que hacer

esto sola. Lucio me dijo que vendría cuando acabara en la oficina. No tardará en llegar.

Como si lo hubieran conjurado, Lucio se asomó por la puerta.

–Hola, Anna –saludó al tiempo que sus ojos buscaban los de ella–. ¿Cómo está mi niño?

¡Su niño! Si Sammy fuera suyo las cosas serían mucho más fáciles.

Anna le dirigió una pálida sonrisa.

–El doctor Frentalle dice que puede volver a casa mañana.

Lucio le devolvió la sonrisa.

–Eso es maravilloso.

–¿Por qué no te llevas a Anna a cenar? –Jenny se volvió a Lucio–. Puedo quedarme con Sammy un par de horas.

–No creo que... –Anna empezó a decir.

–Gracias, Jenny –sonrió Lucio–. No tardaremos. Como mucho una hora y media. Anna, vámonos antes de que Sammy se despierte –dijo al tiempo que la tomaba del brazo.

Anna esperó hasta estar fuera de la vista de las enfermeras para protestar.

–No quiero cenar contigo.

–Necesitas comer algo –replicó con una calma implacable–. Por lo demás compartiremos el desayuno y la cena durante los próximos años, así que harías bien en acostumbrarte.

–Nunca me acostumbraré. No quiero casarme contigo.

–Te casarás o tendrás que pagar las consecuencias.

–¿No estarás llevando tu venganza demasiado lejos al casarte con una mujer que odias?

–¿Sabes, Anna? –Lucio le lanzó una mirada penetrante–. Prefiero casarme contigo con odio que vivir sin ti con amor –declaró. Ella lo miró largamente intentando comprender sus palabras–. No me importa lo que sientas por mí. Serás mi esposa y Sammy será mi hijo, para todos los efectos. No haré diferencias entre él y los otros niños que vengan.

Anna se quedó con la boca abierta.

–¿Niños? ¿Quieres tener hijos?

–Desde luego, pero más adelante. Es comprensible que necesites un tiempo para adaptarte a tu nueva vida.

–Muy considerado por tu parte –dijo en tono sarcástico.

–Por otra parte, no pretendo enmascarar nuestra verdadera relación fingiendo un sentimiento que ya no existe –declaró. Anna sintió que el corazón se le hundía al oír esas palabras. Lucio no albergaba nada más que odio hacia ella–. Nos casaremos la próxima semana y cuando Sammy pueda viajar en avión iremos a Roma. Mi familia querrá darte la enhorabuena formalmente.

–No quiero ir a Roma.

Lucio guardó silencio mientras se dirigían al coche, pero la dura línea de su boca traicionaba su enfado.

–No te pido que emigres a Italia –continuó en cuanto se alejaron del hospital–. Sólo te digo que iremos de visita a Roma.

–Pero tu hogar está en Italia –rebatió ella, repentinamente confundida–. Dijiste que estarías aquí sólo tres meses, así que asumo...

–Estaré viajando continuamente a Italia durante

el próximo año. Tú y Sammy me podréis acompañar de vez en cuando, incluso Jenny si está de vacaciones.

–¿Así que seré una esposa a tiempo parcial? –Anna arriesgó una mirada hacia él.

Los ojos de Lucio se volvieron brevemente hacia ella antes de concentrarse en el tráfico.

–Seguro que no esperabas ser una esposa a tiempo completo, ¿verdad?

Ella no tenía respuesta para esa pregunta así que optó por volver la mirada a la ventanilla.

–¿Qué te apetece comer? –preguntó Lucio tras un denso silencio.

–No tengo hambre.

–No cedes ni un centímetro, ¿verdad? Insistes en contrariarme todo el tiempo.

–¿Por qué no habría de hacerlo? Me tratas como una pieza de ajedrez moviéndome a tu gusto sin pensar en lo que pudiera querer.

–De acuerdo. ¿Qué quieres? –preguntó con los dientes apretados.

–Yo...

¿Qué quería? ¿Cómo podía decírselo?

–Dime qué te haría feliz.

¿Feliz? Ah, ya recuerdo. Felicidad es esa emoción que uno siente una vez en la vida cuando se es extremadamente afortunado.

–La ironía no es tu punto fuerte.

–Ni el encanto el tuyo.

–Hago todo lo que puedo para reparar el desastre de nuestras vidas. Sabes que no tenía por qué ayudarte en lo de Sammy. Realmente él no tiene nada que ver conmigo.

–¿Quieres una medalla por lo que hiciste? –preguntó en un tono cada vez más alto–. De acuerdo, pagaste la salud de un niño de tres años. ¿Y qué? ¿Qué más quieres que haga? ¿No te basta con que duerma contigo durante tres meses?

Lucio sostuvo su mirada furiosa.

–Lo que quiero se rompió hace cuatro años.

Anna parpadeó para contener las lágrimas.

–Por una vez quisiera que dejaras de hablar del pasado. ¡Lo odio! –dijo con un sollozo.

–De acuerdo. Yo también lo odio. Pero está allí, entre nosotros, Anna, y a menos que nos enfrentemos a él siempre estará presente.

Lucio estacionó delante de un restaurante italiano. Luego le abrió la puerta y le tomó el brazo para ayudarla a bajar.

–Anna... –murmuró con suavidad al tiempo que le alzaba la barbilla.

–No –Anna intentó alejarse.

–Escúchame, *cara* –dijo con ternura–. Te prometo no mencionar el pasado durante el resto de la noche. ¿De acuerdo?

–No serás capaz.

–Verás que seré el perfecto compañero –aseguró al tiempo que la conducía hacia el interior del local.

Más tarde, cuando se acomodaron en una mesa situada en un rincón más íntimo, Lucio le tomó la mano sobre el mantel y se puso a jugar con sus dedos sin dejar de mirarla.

–Anna...

–¿Sí?

–Nada –sonrió–. Simplemente Anna.

–Lucio –murmuró ella al tiempo que retiraba la

mano con suavidad y la apoyaba sobre la falda–. ¿Por qué quieres casarte conmigo?

Lucio la miró largamente antes de responder.

–Sammy necesita un padre.

–¿Es la única razón?

–¿Qué otra razón podría haber?

–No lo sé... pero pienso que es una medida drástica considerando nuestra... historia.

–Creía que esta noche no íbamos a tocar el tema de nuestra historia.

–Lo sé, pero... –Anna lo miró con aflicción–. El viaje a Roma que planeas... ¿Has pensado cómo va a reaccionar tu familia cuando sepa que te vas a casar conmigo?

–Lo he considerado. Nos casaremos de todos modos.

–Pero será tan difícil... con Carlo y...

–Carlo te aceptará como su cuñada porque yo lo pido y lo mismo sucederá con el resto de la familia.

–¿Tu madre sabe...?

–No, pensé que lo mejor sería que creyera que habíamos tenido una riña de enamorados y que habíamos cancelado la boda.

–¿Nunca te ha preguntado qué sucedió entre nosotros?

–Mi madre me conoce demasiado bien. Sabe ser discreta cuando comprende que el tema está fuera de discusión.

–¿Y tu hermana Giulia?

–Ella siempre ha mantenido su aprecio por ti. Tal vez te alegre saber que se enfadó conmigo. Dijo que era un tonto por haberte dejado marchar.

–¿Y no estuviste tentado de decirle la verdad?

–Sí, muy tentado.

–¿Y qué te detuvo?

Lucio jugó con su copa unos instantes.

–Carlo se sentía tan culpable que pensé que lo mejor sería guardar el secreto para evitarle más incomodidad.

Anna desvió la mirada.

–Ya veo... –dijo con cierta desilusión.

–¿Has deseado alguna vez decirle la verdad a Jenny?

–A veces...

–¿Cómo le explicaste la causa de nuestra ruptura?

–Le dije que ya no nos queríamos. Era lo más sencillo y de alguna manera no mentía –explicó evitando su mirada.

–¿Has estado con alguien más en estos años? –preguntó con la mirada puesta en sus ojos.

Los dedos inquietos de Anna juguetearon con la copa.

–Hoy por hoy, una madre soltera ahuyenta a los hombres.

–Sammy es un muchachito maravilloso.

–Gracias –dijo, enternecida.

Se produjo un extraño silencio entre ellos. Anna dobló la servilleta y luego ordenó sus cubiertos.

–Anoche llamé a mi familia. Les dije que Sammy es mi hijo.

El tenedor de Anna cayó al suelo con estrépito.

–¿Se... alteraron?

–Un poco. Mi madre se puso furiosa conmigo y Giulia dijo que te había dejado sola cuando más lo necesitabas.

–Debe de haber sido muy difícil para ti.

–He pensado que para ti también. ¿Cuándo te diste cuenta de que estabas embarazada?

–Demasiado tarde como para hacer otra cosa más que sentir pánico –admitió Anna–. Fue a los tres meses. Me imagino que no me di cuenta de los síntomas porque... estaba muy alterada por lo que había sucedido entre nosotros. Lo peor fue que no tenía a nadie con quien compartir lo que me pasaba.

–¿Pensaste alguna vez en el aborto?

–¡No! –exclamó mirándolo de frente–. Nunca consideré la idea. Fue un error mío y tenía que pagar por ello.

–Y pagaste caro.

–Me sorprende que lo digas porque has estado demasiado ocupado planeando tu venganza.

–Para mí también fue una conmoción saber que tenías un hijo. Abrigué la esperanza de que fuera mío, pero después concluí que era de Carlo porque nosotros siempre habíamos tomado precauciones.

–Ojalá hubiera sido tuyo –dijo Anna, sin detenerse a pensarlo.

Lucio la miró con repentina intensidad.

–Tú no sabes cuánto he deseado que así fuera. Lo miro y me veo a mí mismo. Veo lo que podríamos haber tenido juntos.

–Lo siento tanto...

Lucio apuró su copa y luego la dejó de golpe en la mesa.

–No tanto como yo.

–Ojalá pudiera recordar...

–Me gustaría que de una vez por todas te olvidaras de esa tontería del recuerdo. ¿Qué necesitas para aceptar tu parte de responsabilidad? ¿No te bastan las fotografías? ¿Qué quieres? ¿Testigos?

Ella hizo un nudo con la servilleta en su falda.

–Sería mucho más fácil para mí si pudiera recordar qué fue lo que me empujó... a la cama de Carlo.

–Déjame llenar tus vacíos de memoria –dijo con amargura–. Compartiste con él una botella de champán y cuando estaba un poco achispado lo provocaste de tal manera que, en el estado en que se encontraba, fue incapaz de resistir. No lo culpo por haber tomado lo que se le ofrecía. Yo habría hecho lo mismo. Pero estoy dispuesto a dejar ese capítulo de lado y concentrarnos en el futuro. Como Ventressi que es, Sammy tiene derecho a su herencia y me voy a asegurar de que sea así.

–¿Incluso atándote a una mujer por la que ya no sientes nada?

Lucio la miró con dureza.

–No llegaría al extremo de decir que no siento nada por ti. De hecho siento muchas cosas. Para empezar, una cólera que me consume y, cuando bajo la guardia, siento afecto. Pero para ser sincero, la razón primordial que me lleva a atarme a ti es que no puedo arrancarte de mi vida. Te quiero físicamente. Es como un hambre que me roe. Y no la ha disminuido para nada el hecho de que hayas dormido con mi hermano y hayas dado a luz un hijo suyo.

–No puedo casarme contigo, Lucio –dijo con un hilo de voz.

–Puedes y lo harás.

–¿Cuánto crees que durará nuestro matrimonio? –preguntó, al borde de la desesperación.

–Durará hasta cuando yo lo diga. Dentro de una

semana te convertirás en mi esposa y me niego a aceptar un «no» por respuesta.

–He arruinado nuestras vidas por un error estúpido –comentó con los hombros hundidos.

–Podemos salvar lo que queda. Me voy a asegurar de que sea así.

Ella se rió sin humor.

–Sí, y no pasará ni un día sin que me recuerdes mi indiscreción.

–Una vez casados el pasado quedará donde le corresponde, en el pasado. Haré todo lo posible por olvidar lo que sucedió entre Carlo y tú. No puedo garantizar que sea fácil, pero lo intentaré en beneficio de Sammy.

–No sé cómo voy a enfrentarme a tu hermano.

–No debes temer que Carlo sienta la tentación de volver a poner los ojos en ti. Está muy enamorado de Milana y no haría nada que pusiera en peligro su matrimonio.

–Confías en Carlo y no en mí.

–Desde luego que confío en él. A diferencia de ti, siempre ha aceptado sus responsabilidad en lo que ocurrió aquella noche.

–Hasta el extremo de documentarlo –añadió Anna con cinismo–. Me extraña que no hubiera llevado un equipo de filmación para asegurarse doblemente de que no ibas a poner en duda su historia.

Se produjo un pesado silencio entre ellos.

–Bueno... –Lucio empezó a decir.

–A propósito –interrumpió ella–, debo decirte que me envió las fotografías. Al principio pensé que era una carta tuya... Una disculpa por no haber querido escuchar mi versión.

–¿Iba acompañada de una carta o algo así?

–¿Como qué? ¿Una confesión del modo en que se había aprovechado de mí? ¿De que no había sido culpa mía, después de todo?

La boca de Lucio se convirtió en una dura línea.

–¿Escribió algo?

–Sí, había una carta –convino con un rictus de amargura–. Una nota muy escueta. Tuve que leer entre líneas para comprender lo que quería decir.

–¿La conservas aún?

–No.

–Claro, por supuesto que no –comentó con una sonrisa cínica.

Anna lo miró con incredulidad.

–No me crees, ¿verdad?

–¿Por qué habría de hacerlo?

–¡Porque te digo la verdad! Tu hermano me envió una carta con las fotografías advirtiéndome que nunca me pusiera en contacto contigo o con cualquier miembro de la familia.

–Muy comprensible en esas circunstancias.

–Y te preguntas por qué no tengo fe en nuestro futuro –dijo, exasperada–. Te niegas a verme de otra manera más que como una fulana inmoral que no pudo esperar a que te dieras la vuelta para seducir a tu hermano.

–No tengo otra opción más que creerlo, Anna. Ojalá tuviera otra alternativa –dijo en tono cansado.

Capítulo 8

CUANDO regresaron al hospital, Sammy estaba despierto e inquieto. Nerviosa debido a la tensión de la cena, Anna se sentía demasiado agotada para lidiar con él.

–Basta, Sammy –dijo irritada cuando intentó bajarse de la cama–. Duérmete. Mañana vendrá a verte el doctor Frentalle y después volveremos a casa.

–¡Quiero irme a casa ahora! –chilló golpeándole la mano cuando ella intentaba retenerlo.

–Sammy, vuelve a la cama –la firme voz de Lucio acabó con la resistencia. Sammy hizo un puchero y se metió bajo las sábanas–. Buen chico –sonrió mientras le revolvía los rizos oscuros–. Ahora te voy a leer un cuento y cuando termine llevaré a casa a mami y a la tía Jenny. Volveremos a buscarte pronto en la mañana. Mami necesita dormir bien esta noche para recibirte mañana. Antes de que te des cuenta estarás entre tus juguetes –añadió con una mirada de advertencia dirigida a la madre que ya abría la boca para protestar.

Sammy cedió de buenas ganas y cuando el cuento hubo acabado, Anna lo besó y salió con Jenny al pasillo mientras Lucio se despedía del niño.

–Debería quedarme con él –dijo más tarde.

–No lo ayudas en nada protegiéndolo en exceso.

–Es muy pequeño, Lucio.

–Querida, has estado aquí toda la semana. Eres su madre, no una mártir.

–Puede que me necesite durante la noche.

Lucio se volvió para que Jenny no leyera sus labios.

–Puede que yo también.

Volvieron a casa en silencio. Durante el trayecto Anna sintió que se le cerraban los párpados.

–Despierta, *cara* –Anna oyó la voz aterciopelada de Lucio en su oído.

Se incorporó de golpe y su mirada chocó con sus ojos oscuros.

–¿Dónde está Jenny? –preguntó en tanto miraba a su alrededor. Se encontraban en el garaje de la casa.

–Ha entrado en casa. Mañana tiene que trabajar, así que se acostará temprano.

Anna trató de separarse de él mientras buscaba la manija de la puerta, pero Lucio le inmovilizó la mano.

–¿Por qué siempre intentas escapar de mí?

–Yo... yo no...

–Sí, lo haces. Cada vez que me acerco a ti se te agrandan los ojos y me rehuyes.

–Tal vez porque no quiero que me toques.

Lucio esbozó una leve sonrisa.

–Ambos sabemos que no es cierto. Te gusta que te toque. Te gusta mucho –dijo al tiempo que le acariciaba los labios con el dedo índice. Anna apenas podía respirar de ansiedad–. ¿Por qué negar lo que hay entre nosotros?

–No hay nada entre nosotros.

–¿Nada? –preguntó al tiempo que le llevaba la mano a su excitada intimidad. Repentinamente, Anna sintió su propia urgencia como una dolorosa punzada–. Me deseas tanto como yo a ti. Lo puedo ver en tus ojos y en el sabor de tus besos.

–No...

La boca de Lucio se apoderó de la suya.

–Puedo sentirlo en el modo en que tu cuerpo se tensa cuando hago esto –murmuró al tiempo que le acariciaba un pecho.

Anna sintió cómo se excitaban sus pechos bajo el sujetador y la camisa de algodón. Entonces apretó las piernas para controlar el ardor de su vientre.

–No luches contra ello, Anna –sugirió al tiempo que le separaba las piernas y sus dedos se deslizaban por la parte interna del muslo.

Anna empezó a respirar entrecortadamente cuanto sintió los dedos en su cálida intimidad. Se deslizó en el asiento con la espalda apoyada en la puerta mientras sus piernas se separaban para sentir el placer de la caricia de Lucio.

No era capaz de controlar su cuerpo. Era Lucio quien lo controlaba como un virtuoso a su instrumento. El placer de Anna era semejante a una escala musical, cada vez más alto, cada vez más dulce.

–Lucio...

De pronto sintió que llegaba a un clímax semejante a ondas que se ampliaban y que la dejaron jadeante y sin aliento.

Lucio sonrió satisfecho al ver sus mejillas encendidas y la besó bruscamente en la boca.

–No puedes evitar responder a mi estímulo. ¿Es por eso que me odias tanto, Anna? ¿Porque puedo dejarte reducida a esto?

Anna se bajó la falda al tiempo que se apartaba de él. Abrió la puerta precipitadamente para escapar de su odiosa sonrisa.

Lucio bajó del coche.

–¿Es que siempre tienes que manchar cada encuentro íntimo con tus prejuicios contra mí? Nunca pierdes una oportunidad para hacerme sentir barata –dijo con una mirada furiosa.

Lucio rodeó el coche por la parte delantera y empezó a acercarse a ella.

–*Cara* –murmuró en un tono sedoso mientras sus ojos recorrían el cuerpo de la joven–. Considerando la cantidad de dinero que hasta ahora he gastado en tu hijo, en Jenny y en ti, lo último que diría es que eres barata.

La ira se apoderó tan repentina y violentamente de ella que no se detuvo a pensar en las consecuencias. Con el rabillo del ojo vio un martillo que colgaba en la pared del garaje junto a otras herramientas, lo alcanzó y lo arrojó con toda la furia que la invadía.

El martillo golpeó contra la ventanilla trasera del coche dejándola muy dañada y luego rebotó raspando la pintura del maletero hasta chocar contra el suelo de cemento.

Anna no se detuvo a esperar la reacción de Lucio. Salió corriendo del garaje con una velocidad insospechada, los ojos cegados de lágrimas furiosas, y el corazón golpeándola en el pecho. Sentía pánico al pensar en el desquite de Lucio.

Cuando entró en la casa intentó encerrarse en el dormitorio, pero no tenía llave, así que se precipitó al cuarto de baño, le puso el cerrojo y se apoyó contra la puerta con la respiración entrecortada.

–Abre la puerta, Anna.

Casi sin aliento buscó algo para apoyarlo contra la puerta, pero no encontró nada.

–Anna, abre la puerta o tendré que hacerlo yo.

Ella la abrió.

–De acuerdo –dijo alzando la barbilla para mirarlo de frente–. Haz lo que tengas que hacer –lo desafió en tono perentorio. Él se quedó inmóvil, con la vista fija en ella–. ¿No me vas a castigar? ¿O arrojarme a la cama para recordarme quién es el jefe aquí? –preguntó con una tensión insoportable y al borde de las lágrimas–. ¿No quieres comprobar cuán grande y poderoso eres? He sido una mala chica. ¿Por qué no...? ¿Por qué no...? –la voz se le quebró en un sollozo y ocultó la cara entre las manos–. ¿Por qué no acabas de una vez por todas?

Lucio dio un paso hacia ella. Entonces puso una mano sobre sus temblorosos hombros, la atrajo hacia sí con suavidad y con la otra mano le acarició la nuca.

–Tienes una pésima opinión de mi autodominio, *cara*. Estoy enfadado, sí; pero me doy cuenta de que esta noche no eres tú misma. Lo que necesitas es un buen baño caliente y un sueño reparador en una buena cama.

–Te he estropeado el coche –murmuró con la cara contra su pecho.

–Es sólo un vehículo, se puede reparar.

Anna se separó de él para mirarlo.

–¿Por qué te comportas con tanta amabilidad? Esperaba que tú...

–No tienes que tener miedo de mí. No te haría daño físicamente.

–Ya lo haces emocionalmente. No puedo hacer frente a tus insultos.

–Eres sorprendentemente frágil. Me pregunto por qué insistes en provocarme cuando está claro que no puedes luchar conmigo.

–No quiero luchar contigo. Pero eres tú el que se empeña en atentar contra mi dignidad hablando constantemente del pasado.

–¿Qué quieres que haga? ¿Olvidarlo? ¿Fingir que no existe y jugar a la familia feliz? Créeme que envidio tu incapacidad para recordar.

Anna sintió que se le encogía el estómago con renovada angustia. Merecía la amargura de Lucio, pero deseaba poder encontrar alguna manera de borrar el pasado y empezar de nuevo.

–¿Por qué insistes en casarte conmigo si tanto te perturbo?

–Tú sabes por qué –respondió con una brillo de deseo en los ojos.

–Muy pronto te cansarás de mí, Lucio. ¿Y entonces qué nos quedará? Un matrimonio vacío y una amargura que nos hará mucho daño.

–Tendremos hijos.

–Hijos traumatizados a causa de nuestra mutua antipatía.

–Anna, buscas una escapatoria que no te voy a proporcionar. Nos casaremos la próxima semana a pesar de tus argumentos en contra. Sammy necesita un padre y sólo puedo llevarte a Roma como mi esposa.

–¿Por qué? Has tenido amantes anteriormente, con toda seguridad que una más no le hará daño a nadie.

–Mi familia cree que Sammy es mi hijo. Tengo que encarar mis responsabilidades.

–Debiste haberles dicho la verdad.

Lucio la miró con el ceño fruncido.

–¿Contarles que jugaste a seducir a Carlo y el juego terminó en un hijo bastardo?

Anna sofocó su ira.

–No te atrevas a llamarlo bastardo.

–Reconozco que es un término poco afortunado, pero verdadero. A esta edad puede vivir sin un padre, pero va a necesitar una mano más firme que la tuya cuando se haga mayor.

–¿Me crees incapaz de educarlo?

–No he dicho eso, pero es evidente que no puedes proporcionarle un estilo de vida a la altura de los Ventressi. Y menos aún como doncella en un hotel o camarera de un bar.

–Antes de dar a luz a Sammy trabajé como secretaria personal en un bufete de abogados. Pero tuve que renunciar porque no tenía con quién dejarlo cuando Jenny estaba estudiando.

–Pudiste haberme llamado. Te habría enviado dinero. Confieso que muchas veces pensé en ponerme en contacto contigo.

–¿Por qué?

Lucio se encogió de hombros.

–Tal vez para asegurarme de no haber cometido

un error cuando me separé de ti. Más tarde, cuando supe que tenías un hijo, confieso que albergué la esperanza... –murmuró. El pecho de Anna se encogió de emoción al percibir la nota de tristeza en su voz–. Pero pronto tuve la seguridad de que no era responsabilidad mía. De todos modos, estoy preparado para hacer lo que esté a mi alcance con el objeto de proporcionar a Sammy lo que en justicia le corresponde. No olvides que además hay una abuela, tíos, tías y primos que el niño tiene todo el derecho a conocer.

–¿Y qué hay de mis derechos?

–Tendrás una vida asegurada y a mí, que me empeñaré en ser un buen marido.

–Cuando no estés enojado conmigo.

–No siempre lo estoy, *cara* –replicó en tono de broma.

Ella volvió la cara para no ver su sonrisa.

–Voy a darme un baño –anunció secamente.

Lucio volvió una hora después y la encontró profundamente dormida, el cuerpo hecho un ovillo en la amplia cama y la cabellera, todavía húmeda, esparcida sobre la almohada. Suavemente, Lucio la arropó con la sábana. Sólo con mirarla sentía que el deseo se apoderaba de su cuerpo. Lo contrariaba que ella ejerciera ese poder sobre él, después de tanto tiempo. Había esperado verla una vez más y alejarse sin arrepentimiento, pero al ver sus ojos azules tan vulnerables su resolución se desvaneció.

Más tarde, todo cambió al descubrirla cambiando

la ropa de su cama en el hotel. Supo que tenía que hacerla suya y logró su rendición de un modo despiadado que todavía lo hacía sentirse culpable. Pero Sammy era un Ventressi y no podía quedar impasible ante ese hecho. Muchos problemas se solucionarían casándose con ella, aunque surgirían otros nuevos.

Anna abrió los ojos y descubrió a Lucio sentado al borde de la cama, la mirada oscura puesta en su rostro.

Con un gesto nervioso se apartó un mechón de pelo de los ojos al tiempo que intentaba incorporarse.

–No, quédate como estás. No quería despertarte. Vine a ver si estabas bien. ¿Quieres comer o beber algo?

–No...

–Te dejo en paz, entonces –dijo al tiempo que intentaba incorporarse, pero Anna lo tomó de la manga–. ¿Qué quieres, Anna?

–¿Por qué nunca te quedas conmigo toda la noche?

–¿Quieres que me quede contigo? –preguntó mirándola fijamente.

–No me gusta el modo en que me utilizas y luego desapareces.

–No te utilizo, Anna. Creía que deseabas desembarazarte de mi odiosa presencia.

–No siempre es odiosa. De hecho, a veces eres soprendentemente agradable.

–Anna, mírame –dijo al tiempo que le alzaba la barbilla–. ¿Quieres que duerma contigo? Contéstame.

Ella se humedeció los labios.

–Yo... Yo quiero dormir contigo.

Él inclinó la cabeza y le rozó los labios con los suyos. De inmediato Anna quiso más. Lucio la miró con tanta intensidad que despertó en ella un ardiente deseo.

Impulsivamente, la joven atrajo la cabeza hasta su boca con una fuerza insospechada mientras sus dedos se enredaban en los cabellos oscuros. La lengua de Lucio buscó la suya al tiempo que se tendía contra ella. Anna pudo sentir la excitación masculina a través de la sábana que cubría su cuerpo.

Entonces, Lucio se apartó y empezó a quitarse la ropa sin dejar de mirarla.

Luego retiró la sábana con un rápido movimiento.

–Me vuelves loco –murmuró con la voz enronquecida al tiempo que le separaba las piernas.

Anna respiró entrecortadamente al sentirlo dentro de su cuerpo.

–Dime que lo haga con suavidad.

–No quiero que lo hagas con suavidad.

–Te puedo hacer daño.

Con cada movimiento de Lucio ella se sentía cada vez más cerca del éxtasis arqueando el cuerpo hacia él e incapaz de contener el torrente de su urgencia. Anna se aferró con ambas manos a la sábana como si fuera un ancla en medio del mar embravecido que la arrastraba lejos y percibió que él luchaba por controlarse para darle el máximo de placer. De pronto, las facciones de Lucio se contrajeron en un rictus de gozo antes de desplomarse en sus brazos. Su peso era una maravillosa carga mientras se relajaba contra ella, la cara hundida en el cuello de la joven y la respiración todavía jadeante.

Ella se mantuvo entre sus brazos, sin moverse ni hablar, contenta de sentir el cálido cuerpo masculino todavía unido al suyo.

Más tarde, Lucio se apartó y la miró apoyado en un codo.

–Pareces pensativa –comentó mientras le apartaba un mechón de la mejilla–. ¿En qué piensas?

–En nada, a decir verdad.

–¿Estás pensando en Carlo?

Ella se puso tensa.

–No, desde luego que no.

–Es el padre de tu hijo.

–Nunca pienso en él como padre de mi hijo.

–¿De qué manera piensas en él?

–No quiero hablar de Carlo –dijo, incómoda bajo el intenso escrutinio.

–¿Todavía te interesa, ¿verdad? Me odias, pero soportas que te toque pensando que soy Carlo.

–¡No seas ridículo! No quiero seguir hablando de esto. ¡Déjame, Lucio! –dijo en tono mordiente.

Su risa repentina fue lo último que pudo soportar. Anna liberó una mano y la dirigió a su rostro con toda su fuerza, pero Lucio esquivó la bofetada.

–Dejé pasar lo del martillo, pero esto no tiene perdón.

–¡Tú te lo buscaste! –exclamó con una mirada llameante.

–No voy a tolerar tu violencia.

–¿Y qué vas a hacer? –inquirió en tono provocativo.

–¿Te gustaría adivinarlo? –preguntó él, todavía sobre ella.

–No... –murmuró al tiempo que sentía que su cuerpo se aflojaba, expectante.

–Entonces te lo voy a demostrar –dijo antes de inclinarse sobre su boca.

Capítulo 9

ANNA despertó durante la noche y se encontró en los cálidos brazos de Lucio, con la espalda contra su estómago.

–¿No puedes dormir? ¿Tienes frío? –murmuró cerca de su oído mientras deslizaba una mano desde la cintura hasta un pecho de la joven.

–No.

–¿Necesitas algo?

–No.

–Entonces duérmete, Anna –dijo en tanto la ceñía contra su cuerpo.

–No puedo dormir si me tocas de ese modo –murmuró Anna tras una inquieta pausa.

Lucio retiró las manos y se alejó al otro extremo de la cama.

–Buenas noches, Anna.

Durante interminables minutos ella escuchó el sonido acompasado de su respiración.

–¿Lucio?

–¿Mm?

–¿Estás dormido?

–Lo estaba, pero alguien me acaba de despertar.

–Lo siento.

Lucio encendió la lámpara de la mesilla y se volvió hacia ella.

–¿Qué pasa por tu cabeza? ¿Estás preocupada por Sammy?

–No, sé que estará bien. Normalmente no despierta en la noche.

–¿Entonces, qué es lo que te preocupa?

–Creo que no te he dado las gracias por lo que has hecho por Sammy.

Lucio volvió a acomodarse en la almohada.

–¿No puedes esperar hasta mañana para agradecérmelo?

–No, quería hacerlo ahora.

–Son las cuatro de la mañana, Anna.

–Gracias también por los hermosos vestidos que le compraste a Jenny y los juguetes para Sammy.

–El niño se merece todo eso. Y ahora, ¿me haces el favor de dormirte antes de que me enfade?

–Lo siento –dijo ella alejándose de él.

La lámpara se apagó y Anna cerró los ojos empañados por las lágrimas.

Después de unos minutos, Lucio se volvió hacia ella.

–¿Qué pasa, Anna? ¿Por qué lloras?

–No estoy llorando –sollozó.

–¿Qué te aflige? ¿Nuestra boda? –preguntó al tiempo que encendía la lámpara nuevamente.

–Tú no quieres casarte conmigo.

–Tengo toda la intención de hacerlo.

–Pero tus motivos no son buenos.

–Si mis motivos no son los mismos que hace cuatro años, la única culpable eres tú.

–¡Ya estamos otra vez! –exclamó al tiempo que saltaba de la cama arrastrando la sábana para ocultar su desnudez–. No puedes dejarlo, ¿verdad? Me lo recuerdas cada vez que tienes la ocasión. ¿No te das cuenta de que así nuestro matrimonio no tiene la menor esperanza?

–Te haré una promesa.

–Me imagino cuánto tiempo va a durar.

–Te prometo que no volveré a mencionar lo que sucedió entre Carlo y tú.

–¿Esperas que te crea?

–Tienes mi palabra.

–Ojalá pudiera creerte –dijo con la mirada fija en la de Lucio.

–Tienes que hacerlo, Anna. Me doy cuenta de que ese tema sólo sirve para causarte aflicción y sé que te arrepientes sinceramente de lo sucedido.

No muy convencida y con un suspiro derrotado, Anna volvió a la cama.

–Hasta la próxima vez –murmuró entre dientes.

–Y ahora duérmete, Anna. Mañana llega Sammy y no será bueno recibirlo con ojeras y de mal humor.

Anna cerró los ojos, pero cada célula de su cuerpo ansiaba las caricias de Lucio.

Repentinamente, la lámpara se encendió otra vez sacándola bruscamente de su sensual ensoñación.

–*Dio*!

–¿Qué pasa? –preguntó, sorprendida.

Lucio se le acercó con los ojos brillantes de deseo y la estrechó entre sus brazos mientras sus piernas se enredaban con las de ella.

–Me estás volviendo loco, *cara* –gruñó con la boca hundida en su garganta.

–¿De veras? –parpadeó.

–Lo sabes de sobra –murmuró con los labios en

la comisura de su boca–. No puedo estar junto a ti sin desear tocarte.

–No era mi intención despertarte –dijo al tiempo que acariciaba con el índice la tetilla derecha del pecho masculino.

–¿No?

Lucio se tendió sobre ella, su boca contra la de la joven.

–Me inquietas mucho, Anna.

–¿Sí? –murmuró casi sin aliento al sentir que se abría paso en la cálida intimidad de su cuerpo.

Con los dedos clavados en los hombros de Lucio, Anna se deslizó en un mar de sensualidad que surgía de lo más profundo de su cuerpo ardiente. Pudo percibir con secreto deleite la lucha de Lucio por mantener el control y sintió que su poder femenino era muy fuerte. Todavía la deseaba aunque años atrás la hubiera expulsado de su vida. Lucio apresuró su ritmo y ella se hundió en un pozo de sensaciones primitivas, salvajes, incontrolables, de insaciable deseo. Millones de chispas explotaron en su cerebro mientras él la llevaba al paraíso con el cuerpo y las manos dejándola temblorosa bajo la maestría de su hacer. Todavía flotaba cuando él alcanzó el clímax y se derrumbó sobre su cuerpo. El pecho de Lucio subía y bajaba, jadeante sobre el suyo mientras los párpados de Anna se empezaban a cerrar, totalmente relajada en su cálido abrazo.

Minutos más tarde, Lucio alzó la cabeza y la vio tendida entre sus brazos, las piernas todavía enlazadas con las suyas, entregada íntimamente a él.

Entonces le apartó un mechón de la cara antes de besarla dulcemente.

–¿Lucio? –murmuró con un suspiro.

–¿Sí?

Ella volvió a suspirar como una niña mientras se acomodaba de perfil en la almohada.

–Nada... sólo Lucio...

Atento al ritmo acompasado de la respiración de la joven, él esbozó una triste sonrisa. Por fin se había dormido después de mantenerlo horas despierto. Cansado como estaba, sabía que no podría pegar ojo con el cuerpo incitante de Anna entre sus brazos.

Sammy llegó muy animado del hospital, decidido a jugar con todo lo que Lucio le había comprado. Temerosa de una recaída, Anna tuvo que frenarlo más de una vez, pero por fortuna al atardecer estaba tan cansado que pronto se quedó profundamente dormido.

Cuando Anna terminaba de arroparlo, Lucio apareció en la puerta de la habitación.

–¿Fuera de combate? –cuchicheó.

Tras asentir con un gesto, Anna salió cerrando la puerta con suavidad.

–Estaba lleno de energías, pero a la hora de la merienda empezó a languidecer –lo informó mientras bajaban la escalera.

–Jenny tuvo un buen día en la oficina. Mi secretaria comentó que es muy eficiente. Archivó para ella montones de documentos e hizo algunos recados.

Anna sonrió.

–Sí, me dijo que había sido un día estupendo. Gracias por darle la oportunidad.

Lucio le abrió la puerta de la sala de estar.

–Le gustó tanto que decidió no acompañarnos a Italia.

Ella lo miró preocupada.

–¿Estás seguro de que eso es prudente? Tiene sólo diecinueve años y...

–Estará bien. De todos modos Rosa se ocupará de la casa y de Jenny.

–Pero ¿y si me necesita...?

Lucio acalló su protesta presionando sus labios con el índice.

–Anna, eres su hermana, no su madre. Ella es lo suficientemente mayor para pasar un mes con mi ama de llaves. Ahora siéntate y cuéntame cómo ha ido tu día mientras yo preparo una copas.

Ella le habló de las travesuras de Sammy, aliviada de charlar de otra cosa que no fuera sobre sus relaciones o la inminencia de la boda.

Cuatro años antes su boda con Lucio hubiera sido su sueño más feliz. La noche de su traición había destruido ese sueño, pero a pesar de eso, Lucio todavía deseaba casarse con ella.

Si no lo hubiera amado su opción habría sido más fácil, pero el amor la unía a él con lazos más sólidos que un anillo de compromiso.

El afecto indudable que Lucio sentía por el pequeño era un inmenso alivio para ella. Le demostraba que era un hombre capaz de dejar de lado su amargura y sus prejuicios y relacionarse con Sammy como el niño entrañable que era y no como el hijo bastardo de su hermano.

En cuanto a los sentimientos de Lucio por ella, todavía eran un misterio. Había mencionado que le profesaba un cierto afecto cuando no estaba enfadado, pero no podía saber cuánto iba a durar así. No era probable que olvidara el modo en que ella lo había herido aunque había prometido que nunca volvería a tocar el tema. Era como una herida repugnante cubierta con una venda inadecuada.

Casarse con Lucio iba a requerir fuerza y coraje. Ella podía ser fuerte y valerosa, pero tendría que ocultar la verdad de sus sentimientos en beneficio de su orgullo. Decirle que nunca había dejado de amarlo sin duda sería un suicidio emocional.

–¿Dónde está Jenny? –preguntó de pronto.

Lució bebió un largo trago de coñac antes de responder.

–Ha ido a una cita.

Anna se puso de pie bruscamente.

–¿Una cita? ¿Qué clase de cita?

–Lo acostumbrado, un chico y una chica, una película o una cena, esa clase de cosas.

–¡Esa clase de cosas siempre acaban en problemas!

–Tranquilízate, Anna. Romeo es un simpático joven que...

–¿Romeo? –preguntó con el ceño fruncido.

–Es un bonito nombre italiano.

–Ésa no es la cuestión. Jenny no tiene ninguna experiencia con los Romeos del mundo.

–Romeo Benetto es contable subalterno en mi empresa. Sus maneras son impecables y va cuidar de tu hermana.

–Es italiano.

Lucio le lanzó una dura mirada.

–¿Y?

–No confío en los hombres italianos.

–Es una lástima porque en unos días te vas a casar con uno.

–No lo haría –declaró alzando la barbilla.

–Entonces tendré que pensar en algo que me asegure de que lo harás.

–Los gastos de la operación de Sammy están pagados. Ya no tienes nada para obligarme a hacerlo.

–¿Estás segura? Todavía queda la pequeña cuestión del coche.

–¿Tu coche?

–Sí, *cara*, el que todavía tiene cristales en el asiento trasero y un martillo con tus huellas digitales –comentó. El corazón de Anna empezó a latir con fuerza–. Bastaría una llamada a la policía e informar de un incidente con daños a la propiedad para quitarte la custodia de Sammy con tanta facilidad, ¿cómo lo diría?... Como si fuera un juego de niños.

–¡Eres un bastardo! –espetó con rabia.

–¿Crees que no lo haré? –preguntó con una mirada imperiosa.

Sabía que podía hacerlo. Se había puesto en sus manos por ser tan impulsiva y en ese momento estaba absolutamente bajo su control.

–¡No me extraña que hubieras reaccionado con tanta amabilidad en ese momento! Estabas muy ocupado planeando el modo de reparar el daño con tu acostumbrada astucia y precisión, ¿verdad?

–Sí, pero tú cooperas deliciosamente –replicó arrastrando las palabras–. Tienes un temperamento tan volátil... y tan escaso control sobre ti misma...

Anna sintió que en su interior explotaba una ira

devastadora y se abalanzó hacia él con los puños apretados dispuesta a golpearlo donde pudiera.

Él se limitó a inmovilizarla sólo con la fuerza de un brazo y con una expresión rígidamente controlada. La salvaje explosión de Anna quedó en nada más que una reacción exagerada.

–¿Quieres pelear sucio, Anna? –preguntó en tanto le aferraba la mano que ella intentaba liberar y la mantenía sujeta contra su cuerpo.

Ella apretó los dientes y trató de apartarse de él al tiempo que percibía su excitación sexual. Con un movimiento brusco se hundió en el sofá lo más lejos de su alcance.

–Vamos –la desafió–. Lucha conmigo. Creo que ambos disfrutaremos.

–¡Vete al infierno! –gritó antes de que Lucio se dejara caer junto a ella en el sofá.

En un segundo, Anna sintió el cuerpo de Lucio contra el suyo. La barrera de la ropa apenas lograba disminuir el placer que le producía el contacto masculino.

–¡Te odio! –Anna se debatió con fiereza, pero en el fondo sabía que luchaba consigo misma y no con él.

Lucio la sostuvo con suavidad aunque jadeaba a causa de la excitación.

–No me importa lo que sientas por mí mientras tu cuerpo me reciba como lo hace ahora.

Ella quiso negarlo aunque su pelvis se arqueaba hacia el vientre de Lucio.

Con un rápido movimiento le bajó la braguita mientras le sostenía ambas manos sobre la cabeza.

–Dime si quieres que me detenga –gruñó inclinándose hacia su boca.

Anna sintió que se hundía en su seducción en cuanto sintió la lengua de Lucio contra la suya.

Pedirle que se detuviera en ese instante dejó de ser una opción para ella. Lucio la penetró con destreza hasta lo más hondo de su cuerpo y ella ascendió en espiral a unas alturas que él le ofrecía como un premio.

Más tarde, cuando ambos se calmaron tras la explosión final, Anna se mantuvo muy quieta, ruborizada de la cabeza a los pies. Con los ojos fuertemente cerrados se riñó a sí misma por su debilidad. No la sorprendía que él pensara que era una mujer lasciva por el modo en que caía en sus brazos, incluso mientras intentaba negar la atracción que ejercía sobre ella. Tampoco la sorprendía que él creyera que había perpetrado la caída de su hermano.

Bastaba un toque de Lucio para que su cuerpo ardiera en un violento infierno. ¿Por qué no podría pensar que su hermano había experimentado lo mismo con ella?

Lucio se levantó del sofá y, sin mirarla, se arregló el pantalón.

Anna se vistió al borde del asiento aparentando la misma despreocupación aunque pensaba que el lugar más propio para ella era debajo de la alfombra.

Lucio le dio la espalda y se acercó a la ventana con los hombros rígidos y las manos en los bolsillos.

–Nos casaremos en tres días y no aceptaré una negativa por tu parte –anunció como si hablara del calor que hacía más allá de las ventanas.

–Supongo que no querrás que me vista de blanco y con un velo, ¿verdad?

Él se volvió con una mirada llena de cinismo.

–Puedes hacerlo si quieres, aunque ambos sabemos lo que eres y ninguna vestidura blanca va a disimularlo –dijo antes de marcharse dejando a Anna en la habitación, sus odiosas palabras todavía flotando en el aire.

Capítulo 10

EL DÍA de la boda cayó una lluvia torrencial. Verdes relámpagos zigzagueaban en el cielo gris acompañados del estruendo de los truenos. Anna no pudo dejar de pensar que la tormenta era un presagio del futuro que la esperaba. Los días anteriores a la ceremonia el tiempo había estado apacible, sin indicios de cambio.

Lucio se había mantenido distante a partir de la noche en que ella había intentado abofetearlo. Sólo en presencia de Jenny y de Sammy volvía a comportarse con amable naturalidad, lo que aumentaba la desesperación de Anna. Sabía que estaba enfadado con ella y de alguna manera tenía razón; sin embargo, Anna deseaba que las cosas hubieran sido diferentes.

La ceremonia fue breve e impersonal. Nada de las galas que Jenny y ella habían planeado en Roma, hacía cuatro años.

Anna formuló sus votos ante el oficiante de la boda con voz ahogada. En un momento dado se preguntó si los truenos y relámpagos sobre su cabeza no serían el justo castigo de un ente metafísico, irritado por sus pecados del pasado.

Al parecer, Lucio no sufría esos recelos mientras le ponía la alianza en el dedo y luego le daba un beso rutinario en consideración al pequeño grupo de testigos que incluía a una extática Jenny y a Sammy, que miraba con los ojos muy abiertos.

Más tarde hubo una recepción, si así podía llamarse a unas copas de champán francés acompañadas de algunas bandejas de canapés y la música de un pianista mediocre que intentaba hacer lo que podía en una de las salas de un hotel de buen tono.

Cuando la comedia hubo terminado, Anna se alegró de volver a casa de Lucio, donde al menos sabía cuál era su lugar.

Sammy fue a la cama sin sus protestas habituales y Jenny sonrió tímidamente cuando sonó el timbre de la puerta, que anunciaba la llegada de su pretendiente, tan tímido como ella.

Anna los despidió en la puerta y luego se encaminó hacia la escalera, pero la voz de Lucio la detuvo.

–Anna.

–¿Sí? –preguntó con una mirada de rechazo.

Los ojos de Lucio se cruzaron con los de Anna que, sin darse cuenta, apretó los puños a los costados.

–Quiero discutir algo contigo.

–Es un poco tarde para acuerdos prematrimoniales.

La boca de Lucio se endureció. Anna observó con perversa satisfacción que apretaba los puños.

–Partiremos a Roma en tres semanas –anunció.

–Es un poco pronto para empezar a hacer las maletas. ¿Algo más?

–¿Prefieres hablar aquí o en la sala? –preguntó en tono cortante.

Ella alzó la barbilla en un gesto desafiante mientras ponía el pie en el primer peldaño de la escalera.

–Preferiría que me permitieras ir a dormir. No me siento de humor para el velatorio de nuestra boda.

Lucio alzó una ceja.

–¿Y eso qué significa?

–Significa que escasamente podría llamarse boda a una ceremonia con una novia chantajeada y un novio que en la mente no alberga nada más que la venganza.

–Anna, te aseguro que la venganza no es lo único que hay en mi mente.

–¿De veras? –preguntó con una mirada glacial–. Bueno, yo no tengo nada más que sueño en mi mente –añadió mientras subía otros tres peldaños.

–Podría hacerte cambiar de opinión.

–¿Con qué? –preguntó fríamente. En ese mismo segundo sintió una aguda punzada en el vientre que casi la hizo encogerse de dolor–. Oh, Dios... –Anna dio un traspié y se aferró a la barandilla.

–¡Anna! –gritó Lucio al tiempo que se abalanzaba hacia ella–. ¿Qué te pasa?

–No... no lo sé –murmuró, mortalmente pálida.

Lucio la tomó en brazos y la llevó escaleras arriba hasta el dormitorio principal. Al principio ella quiso rechazarlo, pero el dolor era cada vez intenso. De pronto notó algo húmedo y pegajoso entre las piernas.

Lucio la acomodó en la cama y luego examinó su pálido rostro.

–Estás blanca como una sábana. ¿Cómo se llama tu médico? –preguntó con una huella de pánico que ella nunca había percibido antes.

Anna se encogió en la cama presa del dolor y le

dio el nombre con los dientes apretados. Lucio corrió al teléfono.

–¡Es una emergencia! ¡Mi esposa tiene muchos dolores! ¡No me interesa saber cuánta gente necesita una ambulancia en este momento!

–¡Oh! –gimió Anna.

Lucio cortó la comunicación y voló junto a ella.

–Estoy sangrando, Lucio –murmuró mientras él le apartaba un mechón húmedo de la frente.

–¿Es el período? –preguntó al tiempo que miraba con asombro la mancha de sangre que teñía la sábana. Luego corrió al cuarto de baño y volvió con una toalla que le puso suavemente entre las piernas–. ¿Siempre te viene tan mal? –preguntó con visible preocupación.

Ella negó con la cabeza al tiempo que una puñalada de dolor le arrancaba un gemido.

–No... nunca... nunca me ha pasado esto... ¡Oh!

Lucio volvió a llamar a Urgencias y dejó claro que no aceptaría una negativa. En unos minutos se oyó en la calle el ulular que anunciaba la llegada de una ambulancia. Segundos más tarde, apareció Rosa muy afligida, convocada por una llamada casi incoherente de su jefe.

–Yo cuidaré de Sammy –aseguró a Anna cuando la hubieron tendido en una camilla.

–Gracias –dijo la joven al tiempo que le apretaba la mano.

Lucio echó a un lado a su ama de llaves para ayudar a los enfermeros a colocar a Anna en la ambulancia.

–¡Cuidado! ¡La estáis sacudiendo!

–No se preocupe, amigo –dijo un sanitario pelirrojo con una sonrisa tranquilizadora–. Se pondrá bien. Al parecer se trata de un aborto espontáneo. La tensión es correcta y el dolor soportable. Se va a recuperar antes de que usted se dé cuenta.

Lucio sintió que se helaba. ¿Una pérdida? ¿Un bebé? ¿De quién? ¿Suyo?

Sumido en un torbellino de pensamientos entró en la parte posterior del vehículo y miró los pálidos rasgos de su recién estrenada esposa.

–Anna.

Ella le tomó la mano con un débil gemido.

–Lo siento. Debí habértelo dicho.

–¿Decirme qué? –preguntó en tanto le apretaba la mano con suavidad.

–No he tomado la píldora con regularidad. No pensé que esto podría suceder –dijo con un hilo de voz.

Lucio casi no podía hablar.

–No te preocupes –dijo finalmente. Anna empezó a llorar y Lucio sintió que se le encogía el estómago–. Anna... es culpa mía.

–No...

–Calla –dijo al tiempo que le ponía un dedo en los labios y luego le secaba una lágrima con el pulgar–. No llores, *cara*. Por favor, no llores...

El hospital estaba lleno de gente y de ruido, pero Lucio se impuso y consiguió el ingreso casi inmediato de Anna.

El médico que la examinó pidió un quirófano para practicar un legrado tan pronto llegara el anestesista.

–Se trata de un aborto temprano, así que su esposa se recuperará físicamente muy pronto –le aseguró el médico–. Unos cuantos días de reposo y estará bien, aunque usted debe atender a su salud emocional. Muchas mujeres no pueden aceptar la pérdida del embarazo, pero un trato comprensivo y cariñoso los ayuda a levantar el ánimo.

Lucio tragó saliva, torturado por la culpa. Se preguntó qué diría el médico si supiera el modo en que la había tratado hasta entonces.

Sus sentimientos hacia ella eran tiernos y cariñosos pero no había querido demostrárselos. En cambio, había preferido protegerse tras un muro de amargura.

La verdad era que no había superado la traición de Anna. Realmente no había enfrentado el problema consigo mismo. Le había prometido que no volvería a referirse al pasado, pero lo sucedido permanecía en su interior como una úlcera sangrante que no le daba tregua.

Anna despertó desorientada. Sentía el cuerpo hinchado pero ya sin dolor. Al volver la cabeza descubrió a Lucio sentado junto al lecho con la cabeza entre las manos.

Como si sintiera su mirada, alzó la cabeza y Anna se sintió conmocionada al ver su rostro desencajado, los cabellos en desorden, la barba crecida y los ojos inflamados y rojos.

–Anna –murmuró al tiempo que le tomaba las manos.

–¿Sammy está bien? –preguntó, con la garganta seca.

–Hace poco llamé a casa. Está bien, tomó el desayuno y después empezó a darle la lata a Jenny para que lo llevara al parque.

–Tienes un aspecto horrible, como si no hubieras dormido –comentó con una débil sonrisa.

–Es verdad, no he dormido –murmuró. Ella miró los dedos de Lucio enlazados con los suyos, y las alianzas brillando al unísono–. Me has dado un susto de muerte.

Anna alzó la vista hacia su rostro.

–Lo siento. No sabía que estaba embarazada. Con toda la preocupación por Sammy olvidé tomar la píldora y no pensé en mis periodos.

–Tenía que haberte protegido. No debí insistir en mantener relaciones físicas sin hacerme cargo de la responsabilidad.

–No tiene importancia –dijo ella al tiempo que volvía a mirar las manos enlazadas.

–¡Desde luego que la tiene! Nada de esto habría sucedido si no hubiera sido tan duro contigo. No sabes cómo me culpo por lo que has tenido que pasar.

Anna lo miró con la garganta apretada.

–No es culpa tuya.

–Sí que lo es. No te he tratado bien. Estabas sometida a una tensión intolerable a causa de Sammy y, no satisfecho con eso, te acosé con mis odiosas demandas –dijo al tiempo que le dirigía una mirada de agonía–. Fui demasiado cruel contigo la otra noche. ¿Tienes idea de cuánto me odio por eso?

–¡No! –exclamó ella con voz sofocada–. No fuiste tan malo.

–¿No? Te amenacé con llamar a la policía por haber estropeado el coche, aunque lo mejor que podías haber hecho era lanzarme el martillo a la cabeza.

–Erré el tiro.

–¿De veras me lo ibas a lanzar?

–Se interpuso el coche –respondió sonriendo.

Él le apretó las manos suavemente.

–Perdóname, Anna –pidió con la voz enronquecida–. Por favor, dime que me perdonas por lo que he hecho.

–No hay nada que perdonar –dijo ella desviando los ojos de la intensa mirada.

–Eres demasiado generosa.

–En absoluto. Todos cometemos errores.

Él le soltó las manos y se situó a los pies de la cama.

–Desde luego que tienes razón. Me lo recuerdas muy oportunamente. Cometiste un error y yo te he castigado durante años arruinando mi propia vida en un intento por vengarme de la forma más adecuada.

Anna estaba a punto de llorar. Lucio sentía remordimientos, pero no amor. Lo único que los uniría en el futuro sería la culpa, no el amor.

–Lucio... Yo...

–No –la interrumpió–. Déjame terminar. Ahora estamos casados y no puedo anular nuestro matrimonio en un futuro inmediato.

Con el corazón oprimido, Anna notó una amarga resignación en la mirada de Lucio.

–Sé que es pedirte demasiado, pero todavía quiero viajar a Roma contigo y con Sammy dentro de tres semanas. A mi madre le encantaría conocer a su nieto y Giulia se alegraría de verte una vez más.

–¿Y después? –Anna preguntó, casi sin aliento.

Él la miró largamente con una expresión indescifrable.

–Después nos vamos a separar. Te devolveré la libertad que nunca debí haberte quitado. Desde luego que me haré cargo de tus necesidades económicas y de las del niño.

¡Ella no quería su dinero! La emoción le atenazó la garganta y los ojos se le humedecieron.

Lucio notó el brillo de sus ojos y su boca se convirtió en una línea.

–Puedo ver tu mirada de alivio. Me imagino que ya estás contando los días que faltan para que esto se acabe, ¿no es así?

Sin más, Lucio se dirigió a la puerta y se marchó sin oír el murmullo que se escapó de los labios de Anna.

–Lucio...

Las tres semanas siguientes fueron insoportables para Anna. Aunque Lucio la trataba con extremada educación y a veces hasta con dulzura, ella sabía que probablemente contaba los días para dar por terminada la relación entre ellos.

Jenny estaba ocupada con su encantador pretendiente y Sammy disfrutaba en la gran casa rodeado de sus juguetes.

En cambio, Anna se sentía cada vez más sola. Lucio se había trasladado a una de las habitaciones de huéspedes. Salía temprano a su oficina y llegaba tarde por la noche.

Dos días antes del viaje a Roma, Anna se sentía

tan frustrada por su frialdad que deliberadamente lo esperó en la sala de estar.

Lucio llegó cerca de la medianoche con la chaqueta sobre un hombro y el nudo de la corbata suelto.

–Lucio.

–Anna –dijo sorprendido. Luego dejó la chaqueta en el respaldo de una silla y se preparó una copa de coñac–. ¿Te apetece beber algo?

–No, gracias. Quiero hablar contigo.

–¿De qué se trata? –preguntó después de beber un largo trago.

–Me preguntaba dónde nos hospedaríamos en Roma.

–Estaremos en casa de mi madre –dijo antes de volver a llenar su copa–. No te preocupes, Anna. Le conté lo de tu aborto. Ella dispuso que dormiríamos en habitaciones separadas para que pudieras descansar tranquilamente.

–Debiste haberle dicho la verdad.

–¿Que intento divorciarme de ti tan pronto regresemos? –exclamó antes de apurar la copa.

–Nunca te he visto beber tanto como ahora. Pensé que...

–No pienses nada, Anna –le advirtió con una mirada glacial–. Las cosas no cambiarán un ápice.

–¿Estás enfadado conmigo?

–¿Por qué debería estarlo? Te deslizas por la casa y apenas te atreves a hablar para evitar mis enfados.

–No es cierto –se defendió con renovada valentía–. Más bien creo que prefieres que me mantenga alejada de ti. Nunca vienes a casa y ya no... y ya no duermes en nuestra habitación...

–Seguro que no te estás ofreciendo, ¿verdad, Anna?

Los ojos ardientes de Lucio se clavaron en los de ella. El tono subido de sus mejillas le advirtió que Lucio no se encontraba en la mejor disposición para discutir racionalmente.

–Has bebido demasiado.

–¿Y qué? ¿Qué vas a hacer al respecto, mi pequeña y dulce esposa? –preguntó. Ella apretó los labios y se dispuso a salir de la sala, pero Lucio la agarró de un brazo y la obligó a mirarlo de frente–. No tan rápido, Anna.

–Déjame ir.

–No quiero dejarte marchar –exclamó con una mirada afiebrada–. Nunca quiero que te vayas.

Ella intentó zafarse, pero la boca de Lucio se apoderó de la suya y ella cerró los ojos para no ver su mirada de odio.

Mientras él la besaba, una oleada de deseo se apoderó del cuerpo de Anna.

Lucio la tumbó en el sofá y enseguida los brazos y piernas se enredaron. La boca de él se mantenía en la de Anna, hambrienta, apasionada.

Anna oyó que él gemía cuando empezó a acariciarlo descaradamente.

–No voy a durar mucho si haces eso –dijo con la voz ahogada.

La agonía de Lucio la estremeció de excitación y la mano se movió con mayor intención mientras él jadeaba de placer.

En un momento, Lucio se la apartó y luego le quitó la ropa hasta dejarla completamente desnuda en el sofá.

Sus dedos recorrieron el cuerpo de la joven como si fuera una delicada y preciosa orquídea hasta posarse en su sedosa intimidad.

Anna creyó volverse loca de deseo. Quería más. No le bastaba con la caricia de los dedos. Su cuerpo anhelaba la posesión total.

–Por favor... –rogó sin la menor vergüenza con las manos aferradas al cuerpo de Lucio.

–No, *cara* –dijo apartándose de ella–. Me prometí no hacer esto.

–¡No! –Anna se aferró desesperadamente a sus hombros.

Lucio se liberó de sus brazos al tiempo que se ponía de pie con los dientes apretados, decidido a no ceder.

Luego le arrojó la chaqueta.

–Cúbrete y vete a la cama –ordenó respirando con dificultad.

–Lucio... –llamó Anna, sollozando.

–¡Vete, maldita sea! –gritó con la copa en la mano.

–¿He hecho algo malo? –preguntó, con un hilo de voz.

–Parece que no me entiendes. Te he pedido que te marches, lo digo por tu bien.

–No te tengo miedo, Lucio –replicó con toda calma

Él le lanzó una mirada malévola.

–Cometes un estúpido error al quedarte aquí y verme de este modo.

–Te he visto peor.

–Lo dudo –dijo al tiempo que colocaba el vaso en el aparador con mano temblorosa–. No estabas presente cuando miré las fotos por primera vez.

–Prometiste no mencionar...

–¡Sé lo que prometí! –gritó al tiempo que golpeaba la cubierta del aparador. Anna se mordió el labio para evitar el temblor de su boca, decidida a enfrentarse a él aunque le costara caro–. He perdido el control de mí mismo y puedes pagar las consecuencias.

–¿Por qué te haces esto? –inquirió al tiempo que señalaba la copa de coñac.

–Ahogo mis penas.

–¿Qué te aflige?

Lucio dejó escapar un profundo suspiro.

–Fui un estúpido al ir tras de ti –dijo en tanto volvía a llenar la copa–. Pensé que te haría pagar por el daño que me hiciste, pero finalmente soy yo el que está pagando.

–¿Cómo lo estás pagando?

Lucio bebió un largo trago antes de responder.

–Lo que una vez hubo entre nosotros está muerto, Anna. Es hora de que ambos lo aceptemos –articuló con dificultad–. Definitivamente muerto –añadió antes de terminar la copa y salir de la habitación.

Capítulo 11

EL VUELO a Roma fue menos duro para Anna gracias a la presencia de Sammy que, sentado entre ellos en primera clase, con su constante parloteo llenó los penosos silencios entre ella y Lucio, que la ignoraba por completo.

Cuando a Sammy se le cerraron los ojos, Anna lo acomodó en el amplio asiento y luego se dedicó a ver una película con los ojos fijos en el televisor, pero sin ver ni oír nada. Era muy consciente de la proximidad de Lucio, un asiento más allá, con una copa en la mano y la vista fija en el documental que había seleccionado en su pantalla.

Apenas habían hablado en los dos últimos días. Incluso Jenny había hecho un comentario sobre la guerra fría entre ellos con una mirada de preocupación. Forzando una sonrisa tranquilizadora, Anna le había asegurado que las cosas iban bien, aunque sospechaba que no había estado muy convincente.

El aeropuerto Leonardo Da Vinci estaba lleno de gente que esperaba la llegada de sus seres queridos, entre ellos Jovanna, la madre de Lucio, y Giulia con sus tres hijos a remolque.

–Anna –Jovanna la abrazó con calidez al tiempo que la besaba en ambas mejillas con los ojos empañados–. Has vuelto. ¿Dónde está mi precioso nieto? ¡Oh! –exclamó al tiempo que se llevaba ambas manos a las mejillas con una expresión deleitada al ver que Sammy aparecía por detrás de las largas piernas de Lucio–. ¡Pero si es tu viva imagen a su edad, Lucio! –exclamó en tanto tomaba en brazos al pequeño.

Giulia besó a Anna cariñosamente y le presentó a Pia y Paola, sus mellizas de dos años y a Antonio, el bebé que saludó a Anna con un gorjeo.

–Son hermosos –comentó al tiempo que le hacía cosquillas bajo la regordeta barbilla.

–Siento tanto tu reciente pérdida... –dijo Giulia, apesadumbrada.

–Gracias –Anna bajó la vista, incómoda.

–Pronto tendrás otro bebé. Y hasta puede que lo encargues aquí en Roma, ¿eh?

Recuerdos conmovedores asaltaron a Anna durante el trayecto a casa de Jovanna. Su mente se llenó de imágenes del día que Lucio la llevó con Jenny a conocer las ruinas del Coliseo.

Cuando llegaron a la mansión, Sammy empezó a mostrar claros síntomas de cansancio y, tras una llantina, su complaciente abuela lo llevó a la cama canturreándole para calmarlo.

Giulia se había marchado con los niños no sin antes prometer que volvería al día siguiente a cenar con la familia. Anna pensó con temor que también asistiría Carlo con su mujer.

Lucio entró en el salón, donde Anna estaba sentada al borde de un sofá con un vaso de zumo en las manos.

–Mi madre está arrobada con tu hijo –comentó al

tiempo que se servía una copa y luego se volvía a ella–. La has hecho muy feliz. Casi ha renunciado a insistir en que tenga otro.

–Pero Sammy no es tu hijo –Anna se sintió obligada a decir, aunque le dolía tremendamente hacerlo.

–No –Lucio bebió un sorbo de su copa–. Pero no hace falta que la familia lo sepa.

–Siento que es un engaño. Odio tener que fingir –comentó ella con los dedos aferrados al vaso–. Todo me parece tan sórdido...

–No es la situación ideal. Pero es todo lo que tenemos.

«Todo lo que tenemos es odio y amargura», pensó Anna con dolor.

–Carlo y Milana vendrán mañana –Lucio rompió el tenso silencio.

–Sí, Giulia me lo dijo.

Lucio la miró fijamente.

–¿Estarás bien? No quiero que mi madre se preocupe.

–Desde luego –dijo ella desviando la vista.

–Pareces muy cansada. Si te vas a la cama sin despedirte la *mamma* lo comprenderá. Nos ha instalado en habitaciones contiguas –observó. Anna, casi en la puerta, se volvió a él–. No te preocupes, Anna. Pondré el cerrojo en mi habitación para que puedas descansar sin temor a la invasión de un intruso.

–Ya te he dicho que no te temo.

Él dejó escapar un sonido parecido a una carcajada burlona.

–Yo lo haría si estuviera en tu lugar.

Sin hacer comentarios, Anna salió de la habitación incapaz de enfrentarse a su mirada maliciosa.

La noche siguiente, Anna fue la última en unirse a los invitados en el salón. Le había costado mucho hacer dormir a Sammy.

Después de acostar al pequeño no sin dificultades, se preparó para la cena.

Tras una corta ducha, se puso una túnica celeste, con delgados tirantes plateados, que realzaba el color azul de sus ojos y el tono rubio platino de sus cabellos. Se maquilló suavemente con un mínimo de sombra gris sobre los ojos y un toque de color en los labios y luego se recogió el pelo en un elegante moño.

Antes de entrar en la sala, respiró a fondo para relajar la tensión del estómago.

–Anna –Giulia fue la primera en saludarla–. Quiero presentarte a mi marido, Pietro.

Tímidamente, Anna sonrió al atractivo hombre que le tendía la mano con una cálida mirada de bienvenida.

–Encantado de conocerte, Anna. Mi esposa me ha hablado mucho de ti.

Anna era consciente de la presencia de Lucio junto a ella cuando Jovanna se acercó al grupo.

–Anna, esta noche estás preciosa, ¿verdad Lucio?

–Así es.

–Carlo –Jovanna se volvió a su hijo menor, que estaba junto al carrito de las bebidas con el brazo alrededor de la cintura de su esposa, en avanzado estado de gravidez–. ¿Dónde están tus buenos modales? ¿No vas a presentar a Milana?

Carlo se acercó a ellos y balbuceó una presentación sin mirar a Anna a los ojos.

El inglés de Milana no era tan bueno como el del resto de la familia, así que no fue fácil mantener una conversación con ella. Por otra parte parecía ser muy tímida, siempre de la mano de su marido, como si temiera perderlo.

Cuando anunciaron la cena, Lucio la guió al comedor con una mano en su espalda.

Anna se sentó junto a él, pero al punto comprobó que Carlo estaba justo frente a ella. Conmocionada, intentó levantarse de la silla, pero la mano de Lucio se posó en su hombro y volvió a sentarse con la mirada baja.

Jovanna estaba en su elemento rodeada de su familia. La felicidad brillaba en sus ojos oscuros.

–Es maravilloso tener a Anna una vez más entre nosotros –comentó al tiempo que le apretaba la mano–. Y con Sammy, mi precioso nieto, que es igual a su padre cuando tenía su edad. Su sonora protesta cuando tuvo que irse a la cama me recordó mucho a Lucio. Siempre fue muy resuelto y obstinado –comentó. Anna esbozó una débil sonrisa y con el rabillo del ojo notó la expresión afligida de Carlo, que se mantenía con los ojos fijos en el contenido de su vaso–. Os advierto que Giulia siempre fue un poco terca también... –continuó la madre con una cariñosa mirada a su hija.

–¿Y qué me dices de Carlo, *mamma*? Estos años no ha sido precisamente un ángel –protestó Giulia con un mohín.

Jovanna sonrió.

–No, pero el amor de una buena esposa lo ha transformado totalmente.

–¿Qué habría sido de nosotros sin el cariño de nuestras hermosas mujeres? –comentó Pietro con una sonrisa tan llena de amor hacia su mujer que Anna sintió que se le oprimía el corazón.

¡Cómo deseaba que Lucio la quisiera! Le parecía injusto amarlo tanto cuando él no sentía nada por ella.

Para su alivio, la conversación giró sobre otros temas. Ella escuchaba sin participar y cuando Carlo empezó a hablar en italiano por Milana, aprovechó la oportunidad de observar a la familia reunida en torno a la mesa.

Lucio no hablaba, a menos que alguien se dirigiera a él, hecho que la madre no dejó de observar. Incluso una o dos veces sintió la mirada de Jovanna sobre ella y se las arregló para sonreírle con serenidad esperando ocultar lo que sentía en su interior.

La radiante belleza de Giulia evidenciaba su felicidad y la devoción de Pietro hacia ella.

Anna dirigió su atención a Milana y de inmediato concluyó que era una joven enamorada. Pasó gran parte de la cena atenta al rostro de Carlo, sus grandes ojos marrones llenos de amor y admiración. A juzgar por su expresión, era evidente que se sabía correspondida plenamente.

Anna disimuló un suspiro. No la sorprendía que Lucio hubiera insistido que guardara silencio sobre la paternidad de Carlo respecto a Sammy. Una revelación como ésa sólo serviría para destruir la relación de la joven pareja, especialmente cuando Milana estaba a punto de dar a luz.

Cuando la cena hubo acabado, volvieron al salón a tomar café y coñac. Anna se instaló lo más lejos posible de Lucio.

Giulia fue a sentarse junto a ella.

–Estoy cansada. Las mellizas se comportaron como unos demonios toda la tarde e incluso Antonio estuvo inquieto. No sé qué habría hecho sin la ayuda de Pietro –dijo y de inmediato sonrió apesadumbrada–. Lo siento, Anna. Debió de haber sido muy duro para ti no contar con Lucio cuando tuviste a Sammy.

–Pero pude salir adelante –afirmó Anna, con una débil sonrisa.

–¿Cómo está Jenny? –Giulia cambió de tema con diplomacia–. Lucio me contó que ha acabado su primer año en la universidad.

–Sí. Estoy muy orgullosa de ella.

Se produjo un breve silencio.

–Carlo parece estar muy feliz –comentó Anna examinándose las manos.

–Milana es perfecta para él. Carlo pasó por momentos difíciles hace unos pocos años. Siempre ha vivido a la sombra de Lucio. Creo que estaba celoso de él hasta que conoció a Milana. Y cambió de la noche a la mañana. Bueno, eso es lo que hace el amor, ¿no te parece?

La sonrisa de Anna fue aún más débil.

–El amor lo cambia todo.

–¿Eres feliz ahora, Anna? –preguntó Giulia directamente.

Para Anna fue muy difícil sostener su mirada.

–Las cosas han sido difíciles.

–Mejorarán –Giulia le apretó la mano cariñosamente–. Has tenido que soportar mucho. Primero la salud de Sammy y luego el aborto. Muy pronto recobrarás tu tranquilidad emocional. Concédete un tiempo. Lucio tendrá paciencia.

Paciencia era algo que ella ya no asociaba fácilmente con Lucio. Al poco rato, Giulia se reunió con su marido y, junto a Carlo y Milana, se prepararon para marcharse.

Jovanna se despidió de todos con un beso y se dirigió a su habitación cuando los otros se hubieron ido.

Anna se mantuvo junto a Lucio mientras despedía a sus hermanos con el secreto deseo de escapar a su habitación para evitar otro acalorado enfrentamiento con él.

Cuando los coches se pusieron en marcha y la puerta de la calle se hubo cerrado, Anna se encaminó a la escalera.

–¿Adónde vas?

Ella giró la cabeza hacia él.

–Esperaba irme a la cama, si es que no tienes nada que objetar.

–No tengo nada que objetar, aunque mi madre sospecha que algo va mal entre nosotros.

Anna se detuvo en el primer peldaño con la mano aferrada a la barandilla.

–¿Cómo lo sabes? ¿Dijo algo?

–No fue necesario. Lo vi en sus ojos. No es tonta y no le hace falta demasiada agudeza para darse cuenta de que nuestra relación es nula.

Anna no pudo evitar un sentimiento de dolor ante esas palabras, especialmente porque su corazón estaba lleno de amor por él.

–¿Qué debemos hacer entonces?

Con el ceño fruncido, Lucio se aflojó la corbata.

–Un esfuerzo. Tal vez debería comportarme como Carlo y Pietro.

–Lo hacen porque ellos están felizmente casados.

–Sí, pero nosotros podemos actuar como si lo estuviéramos, por lo menos hasta que regresemos a Australia.

–¿Y cómo te propones convencerlos de algo que no existe?

–Estaremos aquí sólo un par de semanas. No debería ser tan difícil mantener una relación civilizada en presencia de los otros.

–Tu idea de una relación civilizada es algo distinta de la mía.

–También diferimos en lo que se refiere a la conducta que debe mantener una mujer casada. No se me escapó tu forma de mirar a Carlo durante toda la cena.

–¿Qué? –Anna lo miró con incredulidad.

–Hizo todo lo posible por ignorarte, pero noté la tensión en su cara –declaró. Anna apenas podía contener su indignación–. ¿Crees que dejaría a Milana por ti? Está muy contento con su matrimonio y esta vez no sería tan estúpido en caer rendido a tus encantos.

–No tengo intenciones de liarme con Carlo –replicó en tono mordiente–. Y tampoco tengo intenciones de continuar esta inútil conversación –añadió al tiempo que empezaba a subir la escalera.

–Pero yo no he acabado de hablar contigo –exclamó con una mirada peligrosa.

–Quiero irme a la cama. Sola. No me apetece dormir contigo.

–¿Estás segura? –preguntó mirando intencionadamente los excitados pechos de la joven.

–Acabas de decir que nuestra relación es nula. ¿Para qué seguir prolongando la agonía?

–Prefiero que duermas conmigo, un hombre que odias, a que lo hagas con Carlo, un hombre que pertenece a otra persona –replicó al tiempo que la tomaba en brazos.

–¡Bájame!

–No grites, Anna. Los sirvientes te oirán –dijo al tiempo que subía los peldaños de dos en dos.

–No mc importa. Lucio, si no me bajas voy a gritar.

Él abrió la puerta de la habitación y la cerró con el pie. Luego la dejó caer en la cama.

–No quiero que mi madre sea testigo de una de nuestras peleas monumentales –murmuró al tiempo que se tendía junto a ella y le cubría la boca con sus labios–. Eres tan conmovedoramente remilgada, pero ambos sabemos lo que quieres –dijo con una mirada ardiente de pasión al tiempo que le bajaba los finos tirantes del vestido hasta dejarla desnuda.

Capítulo 12

DURANTE la tarde del día siguiente, Jovanna se ofreció llevar a Sammy al zoológico para que Anna y Lucio pudieran estar tranquilos. Una vez que la *mamma* se hubo marchado con el niño, Lucio informó a Anna de que tenía que hacer un trabajo que no podía aplazar más tiempo.

Ella ocultó su desilusión. Esperaba que después de la pasión de la noche anterior, él bajaría la guardia, pero sus esperanzas se vieron frustradas por la frialdad de sus ojos cada vez que lo sorprendía mirándola.

Cuando Lucio se marchó, Anna se dedicó a vagar por las habitaciones y más tarde decidió retirarse a la suya con la esperanza de dormir un rato para combatir el aburrimiento.

En un momento dado, oyó que llamaban a la puerta y la abrió pensando que era un sirviente que le ofrecería algo para comer.

La sonrisa se borró de su cara al ver que Carlo entraba en la habitación y cerraba la puerta tras de sí.

–¿Qué haces aquí? –preguntó con la garganta apretada.

Él se apoyó en la puerta.

–Necesito hablar contigo.

–No creo que sea una buena idea. ¿Qué pasaría si

Lucio te encuentra aquí? –preguntó al tiempo que se llevaba la mano al cuello, en un gesto nervioso.

–Lo que tengo que decir no me llevará demasiado tiempo. Durante cuatro años he vivido una agonía, así que escúchame, por favor.

Anna se tragó su intranquilidad al tiempo que observaba la expresión torturada de Carlo, que se alejó de la puerta y luego se acercó a ella.

–No sé cómo decírtelo, Anna.

Ella respiró con dificultad.

–¿Decirme... qué?

–No dormí contigo esa noche.

Sus palabras cayeron en el silencio como una explosión nuclear. Anna abrió y cerró la boca, sin poder hablar.

–Puse una droga en tu copa –continuó Carlo con la respiración entrecortada–. Estaba muy celoso del compromiso de Lucio contigo. Mi vida sentimental había sido un continuo desastre y cuando él te conoció y luego te presentó a la familia como su futura esposa decidí que eso debía acabar.

–Oh, Dios –murmuró Anna al tiempo que se dejaba caer al borde de la cama.

–Bebiste la copa de champaña y al momento el somnífero empezó a hacer efecto. Más tarde te quité la ropa e hice las fotografías. Me avergüenza confesar que no me sentí verdaderamente culpable hasta que conocí a Milana. Por primera vez me di cuenta de lo que tuvo que haber sufrido mi hermano al perderte –dijo en tanto se pasaba la mano por el pelo–. Cuando supe que habías tenido un hijo...

Repentinamente, Anna se dio cuenta de la verdad y se quedó con la boca abierta.

–Sammy es... de Lucio –murmuró finalmente.

–Desde luego que mío no es porque no mantuve relaciones sexuales contigo. Debes creerme, Anna. Fui malo, pero no tanto.

Anna no encontraba qué decir. Durante años se había torturado por su conducta, aunque no recordara nada. La culpa había arruinado su vida y, lo que era peor, también la de Lucio.

De pronto se puso de pie, presa de la agitación.

–Lucio debe saberlo.

–No. Por favor, no es necesario que lo sepa. Lo que hice fue imperdonable, pero si ahora se supiera la verdad quién sabe cuánto daño causaría.

–¡Ya ha causado un daño indecible! –protestó Anna–. ¿Tienes idea de lo que he tenido que pasar? ¡Pensé que Sammy era hijo tuyo! Durante años me he culpado por algo que no hice. ¿Cómo pudiste, Carlo? Destrozaste mi vida y la de Lucio.

Carlo tragó saliva convulsivamente.

–Lucio cree que Sammy es su hijo. ¿Cuál es el problema? –preguntó. Ella volvió a sentarse en la cama con la cara entre las manos. La emoción le impedía hablar–. Lucio se casó contigo, Anna. Vuelves a tener la oportunidad de ser feliz. Por favor, no destruyas la mía revelando lo que hice. Te lo ruego.

Ella alzó hacia él una mirada torturada.

–No tienes idea de lo que me pides, Carlo.

–Creo que sí. Amo a Milana con todo mi ser. Sé que Lucio también siente lo mismo por ti. Es una especie de leyenda en la familia que los varones Ventressi aman una sola vez en la vida.

–Él no me ama –dijo ella con un hilo de voz.

–Te equivocas. ¿Por qué habría vuelto contigo entonces? Nunca ha dejado de amarte.

–Él piensa que Sammy es tuyo. Siempre utilizamos anticonceptivos, por eso ambos hemos asumido que Sammy fue concebido esa noche.

–¿Qué clase de anticonceptivos?

Ella se lo dijo y Carlo hizo una mueca.

–Los condones me han fallado tres veces. A menudo se subestima las posibilidades de un fallo, especialmente si no se tiene cuidado. Definitivamente Sammy es hijo de Lucio. Basta con mirarlo para darse cuenta.

Ella sintió que se le encogía el estómago. ¡Sammy era hijo de Lucio! ¿Pero cómo podría decírselo si Carlo insistía en que guardara silencio?

–No sé qué hacer –dijo retorciéndose las manos–. No me parece correcto ocultárselo. Piensa cosas tan terribles de mí...

–Anna, por favor. A Milana le faltan pocas semanas para dar a luz a mi hijo. Te ruego que no reveles la maldad que cometí en el pasado. La destruiría.

–¿Y yo? –preguntó con los ojos llenos de lágrimas–. ¿He de vivir con esta vergüenza para siempre?

–No hiciste nada malo.

–Lucio cree que sí.

–Anna... Sé que es imposible que me perdones, pero tal vez con el tiempo llegues a pensar que fue una broma de juventud horriblemente injusta.

–Horriblemente injusta para mí, no para ti.

–¿Crees que no lo sé? Me pesa mucho, pero no podemos cambiar el pasado. Lucio ha vuelto contigo y podéis volver a construir vuestra vida.

–Lucio piensa divorciarse tan pronto regresemos a Australia.

–No puede hacerlo –dijo Carlo, conmocionado–. Te quiere demasiado.

–¿Cómo puedes estar tan ciego? –exclamó llorando–. ¿No te has dado cuenta del desprecio con que me mira? Cualquiera puede verlo.

–Por favor, Anna, déjame sólo estas pocas semanas. Cuando Milana haya dado a luz, las cosas podrían ser diferentes.

–¿Cómo puedes pedirme algo así, Carlo? –dijo en tanto se limpiaba las lágrimas–. Después de lo que has hecho, ¿como puedes escabullirte como si nada hubiera sucedido hace cuatro años?

–Ésta es la cuestión. No sucedió nada hace cuatro años.

–¡Me lo dices con cuatro años de retraso!

–Siento profundamente lo sucedido, pero si Lucio se entera de la verdad nuestra familia se destruirá. Mi madre nunca podrá superar la vergüenza por lo que hice. Le rompería el corazón. Tampoco puedo correr el riesgo de que Lucio se entere ahora. Hay demasiado en juego.

–Debiste haberlo pensado cuando pusiste el somnífero en mi copa. Te pareces mucho a tu hermano. Sólo pensáis en lo que os conviene. ¿Sabes lo que eres, Carlo? Un cobarde. ¿Por qué no vas a decirle la verdad a Lucio? ¡Compórtate como un hombre, por amor de Dios! Lucio tiene derecho a saberlo.

En ese momento la puerta se abrió bruscamente dando paso a Lucio, visiblemente furioso.

–¿Qué es lo que tengo derecho a saber, Anna? –preguntó en un tono acerado.

Ella se quedó mirándolo incapaz de articular palabra. Los ojos de Lucio se desviaron hacia su hermano con un brillo desafiante.

–¿Carlo? Tal vez querrás decirme qué haces en la habitación de mi mujer.

–Yo... ya me iba –dijo al tiempo que daba un paso tambaleante hacia la puerta.

–¡Carlo! ¡No te vayas! –gritó Anna, desesperada.

–Lo siento, Anna –dijo antes de salir precipitadamente.

Entonces se produjo un pesado silencio acusador.

–¿Por qué estaba Carlo aquí?

–Quería disculparse por haber hecho esas fotografías –dijo Anna con la mente puesta en el abultado vientre de Milana.

–¿Me quieres decir qué es lo que tengo derecho a saber?

–Dijo... dijo que definitivamente Sammy es hijo tuyo. Está absolutamente seguro de que es imposible que sea de él. Los preservativos suelen fallar. Sé que Sammy es tuyo, incluso aunque no quieras admitirlo.

–Pero mantuviste relaciones sexuales con mi hermano –afirmó con una mirada llena de maldad.

–Hasta donde sé, no lo hice.

–Ah, sí. Te refieres a tu pérdida de memoria. Una forma muy conveniente de absolver la propia culpa fingiendo que algo nunca ha sucedido.

Anna empuñó las manos a los costados del cuerpo.

–¿Por qué no le preguntas a tu hermano qué pasó exactamente esa noche empezando por el momento en que me puso la primera copa de champaña en la mano? Tu hermano es un patético cobarde que cree que el pasado se puede borrar con una disculpa que a él lo libera mientras que yo sigo sufriendo la consecuencias de su...

–¿De qué, Anna?

–De nada. No quiero seguir hablando del tema –dijo con ira antes de abandonar precipitadamente la habitación.

Con el ceño fruncido, Lucio pensó que Anna insistía demasiado en que Sammy era su hijo. Incluso Carlo, su madre y el resto de la familia estaban convencidos de ello.

Con un gesto decidido alcanzó el teléfono y marcó el número del móvil de Carlo.

Dos horas después, Carlo entraba en el despacho de Lucio.

–Llegas tarde.

–Ya lo sé –respondió al tiempo que se sentaba frente a él evitando su mirada.

–¿Qué sucede, Carlo? –preguntó el hermano mayor en un tono implacable. Carlo le dirigió una mirada cargada de aflicción y se mantuvo en silencio–. Te he hecho una pregunta. Respóndeme.

Carlo se inclinó en la silla con los hombros hundidos.

–Yo no dormí con Anna –confesó, tras una larga pausa–. Yo... puse un somnífero en su copa... porque quería impedir que te casaras antes que yo. Durante toda la vida he tenido que ser el segundo en todo orden de cosas. Como eres el mayor, siempre fuiste el preferido en todo. Nuestro padre te cedió la dirección de la empresa y la responsabilidad de contratar y despedir al personal. ¿Y yo? Ser el segundo no ha significado nada más que responder ante ti. Estaba harto de eso, Lucio. Quise hacer algo que cambiara radicalmente las cosas. Pensé que si me deshacía de Anna sería el primero en tener un hijo que aseguraría el futuro de la corporación. Ella estaba profundamente dormida cuando hice las fotos y luego inventé la historia de haber dormido juntos. No me di cuenta de las consecuencias hasta que supe que había dado a luz un hijo... tu hijo.

Lucio dejó escapar una imprecación.

–¿Tienes idea de lo que has hecho? ¡Has destruido su vida! ¡Has destruido muestra felicidad!

Carlo tragó saliva, mortalmente pálido.

–No sabes cómo lo siento, Lucio. Pero ella todavía te ama, estoy seguro.

Lucio se hundió en su silla con la cabeza entre las manos.

–Anna no puede sentir por mí nada más que odio. La he tratado muy mal.

–Te casaste con ella, Lucio.

–Contra su voluntad.

–Te perdonará.

–¿En qué estúpido paraíso vives, Carlo? –explotó con ira–. ¿Cómo puede perdonarme? ¿Cómo puede perdonarnos?

–Me he disculpado.

–¿Y crees que una disculpa puede borrar el pasado?

–No, pero no puedo decir la verdad ahora. Le causaría mucho dolor a Milana, por no hablar de la *mamma*.

–Sólo piensas en ti. No te has parado a pensar

cómo ha afectado a Anna. ¡Yo la amaba con toda mi alma y tú has destruido la relación con tus mentiras! ¿Cómo puedo solucionarlo ahora?

–¿Todavía la amas?

–¡Desde luego que sí! Nunca he dejado de quererla.

–¿Se lo has dicho?

–No... no se lo he dicho.

–Debes hacerlo. Tienes un hijo, Lucio. Y Anna es tu esposa.

–Le he dicho que nos divorciaríamos en cuanto regresemos a Australia.

–Dile que has cambiado de opinión. Si no estás dispuesto a luchar por ella es que no mereces su amor. Si la hubieras amado de verdad, desde el principio te habrías dado cuenta de que ella decía la verdad.

–Las fotografías...

–Viste lo que quisiste ver, Lucio. Si las hubieras estudiado atentamente habrías descubierto cuán ajena estaba Anna a todo lo que sucedía.

–¡Sal de aquí! ¡Fuera de mi vista, Carlo! –exclamó, con los dientes apretados.

–Lo siento, Lucio. Si hubiera sabido que Anna estaba embarazada nunca lo habría hecho.

–Ni ella ni yo lo sabíamos. Hice todo lo posible por evitarlo. Cuando me enteré de la existencia de Sammy llegué a la conclusión de que era tuyo –dijo con voz sorda y el rostro ceniciento–. Y ahora vete de aquí –ordenó en tono apagado.

Tras acostar a Sammy, Anna fue a la sala de estar donde encontró a Jovanna con una mirada afligida.

–¿Qué sucede?

–Esta tarde se han llevado a Milana al hospital. Carlo está con ella. Ha sufrido una hemorragia.

Anna le tomó la mano.

–¡Oh, Dios! Lo siento tanto.

Justo en ese momento sonó el teléfono. Jovanna atendió de inmediato y, aunque hablaba en italiano, por la expresión de su rostro Anna se dio cuenta de que las noticias eran buenas.

–¡Todo va bien, Anna! –exclamó la madre cuando hubo colgado–. A Milana le han practicado un cesárea y ha tenido una niñita. Ambas están bien.

–No sabes cómo me alegro –dijo Anna al tiempo que la abrazaba cariñosamente.

–Debo ir al hospital inmediatamente. Lucio volverá pronto. ¿Estarás bien si te dejo sola?

–Claro que sí. Márchate ya.

Media hora más tarde se abrió la puerta del salón y Lucio entró con una expresión inescrutable.

Anna sintió que le faltaba el aliento al ver que cerraba la puerta con llave y luego la miraba fijamente.

–Anna, me pregunto cómo voy a expresar lo que necesito decirte sin que desaparezcas de esta habitación o de mi vida como lo hiciste hace cuatro años.

No desaparecí de tu vida. Tú me expulsaste de ella.

–Tienes razón. Lo hice sin escuchar tus razones. En cambio, confié en la versión de mi hermano y como resultado has sufrido indeciblemente. Me siento tan avergonzado por Carlo que apenas puedo hablar de ello. No tenía idea de que albergaba tan malos sentimientos en mi contra o que iría tan lejos como para...

–¿Te lo dijo?

La expresión de Lucio se ensombreció de ira.

–Le arranqué la verdad. Finalmente me contó lo sucedido hace cuatro años y quise matarlo.

–Se disculpó –susurró ella.

–Lo hizo con la esperanza de que todo volvería a la normalidad, cuando ya nada puede ser lo mismo. Me robó los primeros años de mi hijo. Me ha robado la felicidad junto a ti y la destruyó hasta un punto irreversible. Todos estos años he alimentado mi ira contra ti, que eras la víctima inocente.

–Lucio, yo...

–Te forcé a tener una aventura conmigo, luego a casarnos y te dejé embarazada a causa de mi trato imperdonable hacia ti –dijo sin escucharla, con los ojos empañados en lágrimas.

–Te amo, Lucio.

Lucio se limpió los ojos con brusquedad.

–Tan pronto lleguemos a Australia haremos los trámites del divorcio. Dejaré un fondo para ti y el niño, de manera que nunca volverás a pasar necesidades –declaró con un hondo suspiro–. Es lo menos que puedo hacer. En cuanto a la familia, aunque odie tener que admitirlo, creo que Carlo tiene razón. Revelar lo ocurrido sólo causaría más pesar, especialmente a mi madre y a Milana.

–He dicho que te amo, Lucio.

–En cuanto a mí. Tengo que encarar mi futuro sin... ¿Qué has dicho?

–Lo he dicho dos veces y no voy a repetirlo hasta

que no me digas lo que sientes por mí –afirmó Anna, con una sonrisa.

Los oscuros ojos de Lucio se empañaron de emoción.

–Me enamoré de ti hace cuatro años cuando te vi consolando a Jenny fuera del hotel –murmuró con la voz quebrada–. Después creí que mi amor por ti había desaparecido, pero ha aumentado más y más en estos años. Cuando me enteré de que habías tenido un niño deseé con todo mi corazón que fuera mío. Y cuando conocí a Sammy pude ver que era tan parecido a mí a esa edad que fue casi doloroso mirarlo. Y cuando volví a verte sentí un deseo y una necesidad tan incontrolables que decidí que serías mía bajo cualquier condición.

–Fuiste un tanto despiadado en cuanto a tus condiciones –comentó Anna, con una leve sonrisa.

–Ya había decidido pagar la operación de Sammy, al margen de lo que tú decidieras. Sólo quería ponerte muy difícil la posibilidad de una negativa.

–Siempre ha sido muy difícil para mí negarte algo. Te quiero.

Lucio la estrechó entre sus brazos.

–No merezco tu amor –murmuró con voz temblorosa–. Durante las últimas semanas he hecho todo lo posible por destruirlo.

Ella se apartó para mirarlo con unos ojos brillantes de felicidad.

–Entonces tendrás que hacer un esfuerzo extra para convencerme de que me quieres.

Lucio volvió a abrazarla.

–¿Y qué propones? En este momento mi cerebro

se niega a buscar los términos adecuados para expresarte mis sentimientos.

–¿Y qué harás si te fallan las palabras? –preguntó con una mirada traviesa.

Lucio inclinó la cabeza hasta la boca de la joven.

–Podría hacer esto, *cara* –murmuró sobre los labios de Anna.